नरेन्द्र मोदी
साक्षी भाव

नरेन्द्र मोदी
साक्षी भाव
प्रभात प्रकाशन

प्रकाशक • **प्रभात प्रकाशन प्रा. लि.**
4/19 आसफ अली रोड,
नई दिल्ली-110002

संस्करण • 2025
मूल्य • सात सौ पचास रुपए
अनुवाद • प्रेमशंकर भट्ट / अमिता भट्ट 'क्षमा'
पुनरीक्षण • किशोर मकवाणा
मुद्रक • ग्राफिक वर्ल्ड, नई दिल्ली

SAKSHI BHAV *by* Narendra Modi ₹750.00
Published by Prabhat Prakashan Pvt. Ltd., 4/19 Asaf Ali Road, New Delhi-2
E-mail : prabhatbooks@gmail.com ISBN 978-93-5048-820-1

ऋण स्वीकार...

आज से तीस वर्ष पूर्व मेरे मनोमय-जगत् में से डायरी में अवतरित संवाद-स्वरूप को 'साक्षी भाव' में संपादित करने का संयोग श्री सुरेशभाई दलाल के आग्रह और संकल्प के साथ जुड़ा हुआ है। मेरे अंतर्मन में 'माँ' के साथ संवाद रूप में प्रकट मेरे भाव-विश्व की अनुभूति, उनके कवि-हृदय की भावनाओं की आर्द्रता और कर्तव्य के प्रति मेरी कर्मठता को स्वीकारना तथा 'साक्षी भाव' को प्रकट करने का उनका प्रेमाग्रह प्रबल हो गया। 'साक्षी भाव' की एक-एक कविता में सुरेशभाई ने विशेष रुचि ली। पुस्तक की प्रस्तावना 'एक समय की बात—सनातन' उन्होंने स्वयं लिखी। इस पुस्तक के प्रकाशन के समय उनकी अनुपस्थिति पीड़ादायी है।

जगज्जननी माँ को संबोधन करके लिखे पत्रों में से जो थोड़े-बहुत बच गए थे, उन्हें मेरे एक निकटस्थ राष्ट्रीय स्वयंसेवक संघ के वरिष्ठ प्रचारक आदरणीय नरेंद्रभाई पंचासरा ने सँभालकर रखने का आग्रह किया। उनके प्रेमपूर्ण आग्रह के कारण सँभालकर रखे गए ये भावपुष्प, जो मैंने जगज्जननी माँ को चढ़ाए, आपके समक्ष रख रहा हूँ। मैं उनका आदरपूर्वक ऋण स्वीकार करता हूँ और यह 'साक्षी भाव' माननीय श्री नरेंद्रभाई पंचासरा को अर्पण करता हूँ।

मेरी सभी पुस्तकों को प्रभात प्रकाशन ने आकर्षक रूप में हिंदी पाठकों के समक्ष प्रस्तुत किया है, उनका हार्दिक आभार।

नरेन्द्र मोदी

एक समय की बात—सनातन

वोल्ट व्हिटमैन ने कहा है—"...and I say that there is nothing greater than the mother of a man." हमारी अपनी स्वयं की माँ तो है ही, परंतु हम सबकी माँ है जगदंबा। वास्तव में यह एक अंत:करण का संवाद है, यह किसी निराकार को नहीं अपितु साक्षात् दर्शन प्रदान करनेवाली जगदंबा के संबोधन में हृदय से निकले उद्गार हैं।

यह उस समय की बात है, जब नरेंद्रभाई का कोई स्थायी ठिकाना नहीं था, वे तब संघ के स्वयंसेवक थे। उनमें संगठन करने की अद्‌भुत शक्ति थी, पूर्ण निष्ठा और भक्ति थी। समर्पण की भावना थी और कठिनाइयों पर कुशलता के साथ विजय प्राप्त करने की शक्ति थी। आज भी यह अतीत की बात नहीं लगती है।

ये सब संवेदनशील, कर्मयोगी नरेंद्र मोदी द्वारा डायरी के रूप में उकेरी गई प्रार्थनाएँ हैं। सन् 1986 के अंत में यह मनोमयी यात्रा प्रारंभ हुई। इनमें मनोजगत् के संघर्ष की कथा, व्यथा और चिंतन है। विचारों का चक्रव्यूह है, 'स्व' के साथ संवाद, विसंवाद, मंथन, उथल-पुथल, प्रश्न, उत्तर और प्रति-प्रश्नों की बौछार है। कभी प्राप्त होता उत्तर अथवा कभी एकदम निरुत्तर स्थिति। सापेक्ष नहीं, परंतु निरपेक्ष, भावपूर्ण जीवन की अभीप्सा। सापेक्ष में अनुभव हुआ संतोष और तुलनाओं में से प्रकट होता असमाधान।

सबसे बड़ी बात तो यह है कि इन प्रार्थनाओं में कोई दीन-हीन भाव नहीं है, कोई इच्छा नहीं है। भावना है, परंतु भावना में कोई ललकार नहीं है। भावना में अगाध गहराई है। मनुष्य जब किसी भी प्रकार की कठिनाई में होता है, तो बात करने के लिए उसे कोई व्यक्ति चाहिए; परंतु जब हम स्वयं ही अपने 'स्व' के साथ पूर्ण रूप से व्यवस्थित न हों, तब इस परिस्थिति में बात किससे करें, यह एक गहन समस्या है। सर्जक को अपने आप एक सहज मार्ग मिला है और यह मार्ग है—जगज्जननी माँ के साथ संवाद, अर्थात् जीवन की जो भी कठिनाई, विपत्ति, जो भी समस्या हो, सबकुछ जगन्माता के श्रीचरणों में रख देना और निराश हुए बिना माता की कृपा में पूर्ण श्रद्धा रख, आपातकाल की उस अवस्था को पार कर लेना। जब सभी कुछ गँदला हो, तब निर्मल, स्वच्छ, पारदर्शक और स्पष्ट वातावरण का निर्माण किस प्रकार से करना है; कोहरे को कैसे दूर करना है, इसकी बात यहाँ अत्यंत सहजता से हुई है।

मेरा तो ऐसा मानना है कि उनकी कलम से जो कुछ भी अवतरित होता गया, वह शब्द रूप पाता गया। हम जिसे *ऑटो राइटिंग* (स्वभाव से अवतरण या आलेखन) कहते हैं; ये सब वैसी ही रचनाएँ हैं। जब लिखा जा रहा होगा, तब सर्जक के मन में यह भाव कदापि न रहा होगा कि यह कभी छपेगा भी। यह तो ठीक वैसा ही है, जैसे अचानक कोई झरना फूट पड़ा हो, ठीक ऐसी ही स्थिति में यह सब लेखन हुआ है।

मैं तो इस सबको गद्यकाव्य कहता हूँ। कर्मठ कवि के रूप में मैं उनकी प्रशंसा करता हूँ। इन कविताओं में आश्चर्य है, आघात है, 'स्व' की तथा संसार के लिए चिंता है। यहाँ कुछ भी यत्नपूर्वक नहीं होता है। यह मंथन किसी रत्न के लिए भी नहीं है। मनुष्य अपने आपको प्राप्त करने के लिए, परिस्थिति से निबटने के लिए किस प्रकार से जूझता है, बस इसी की कथा है। एक कल्पना सूझी है, वे कहते हैं—

स्थिर लटकता कैलेंडर जीवन की गति दरशाता!!!

तीन-तीन आश्चर्य चिह्न लगाए गए हैं। कवि को स्थिरता में, ठहराव में कोई रस नहीं है। वह तो गति का प्राणी है, परंतु यह गति आभासी नहीं होनी चाहिए। संसार की गति के साथ किसी प्रकार के विसंवाद का सर्जन किए बिना, लय-ताल मिलानेवाला होना चाहिए। कवि स्वयं ही स्वयं से प्रश्न पूछ-पूछकर खोदता है, कुरेदता है। जैसे कोई व्यक्ति बीज को प्राप्त करने के लिए छिलके से लेकर संपूर्ण फल को छील डालता है, ठीक इसी प्रकार से कवि अपने अंदर-अंतर को सांगोपांग रूप में उधेड़ने से भी नहीं झिझकता है। उसे कथित सफलता या निष्फलता के बजाय अपने भाव को यथार्थ रीति से प्राप्त करने और समझने में रस आता है। उसके पास अपने स्वयं के मापदंड हैं। उसके अपने सिद्धांत हैं। उसके मत के अनुसार सापेक्षता की सीमा एक बंधन है। निरपेक्ष भाव तो कभी हो ही नहीं सकता, ऐसा वह नहीं मानता। यह निरपेक्ष भाव ही जीवन का अधिष्ठान बने, नवजीवन में गति और मति का संतुलन हो, स्वप्नों के खँडहर नहीं चाहिए, आहें और आँसू नहीं चाहिए। मात्र एक अभीप्सा है—निरपेक्ष भाव से भरे जीवन की। पढ़ते समय यह काव्य सरल और सहज लगता है, पर गहराई में उतरने पर इसकी सघनता और गहनता का पता चलता है।

एक प्रार्थना पूरी हो गई तो ऐसा नहीं है कि संघर्ष पूर्ण हो गया। यह तो भिन्न-भिन्न रूपों में और नए-नए नाम से समुद्र की लहरों की तरह आते ही रहते हैं। कई बार प्रातःकाल से ही ऐसी अकुलाहट प्रारंभ हो जाती है। यह अकुलाहट क्या है, इसे जानने का प्रयत्न इनमें है। सूर्य उदय होता है, तब इसकी प्रतीति कोई अच्छी नहीं लगती है। हालाँकि कवि ने कुछ भी नहीं कहा है। परंतु यह प्रातः का सूर्य धुँधला-धुँधला सा लगता है। उमाशंकर ने एक काव्य में काले सूर्य का संकेत दिया है। ऐसा सूर्य बेचैनी-चिंता से काव्य-नायक को ग्रस लेता है। मनुष्य को अंदर से ऐसा ही लगता रहता है कि मैं तो चारों ओर से लूट लिया गया हूँ, लूटा ही जा रहा हूँ। इस प्रकार से अनेक प्रकार के मिश्रित भावों की खींचतान चलती रहती है। शरीर और मन में कोई संवाद नहीं।

चंद्रकांत शाह लिखते हैं—''**एक दिन तो मुझमें और मेरी देह के बीच हुआ एक वाद-विवाद है।**'' देह और मन को अलग नहीं किया जा सकता है और दोनों का एक-दूसरे पर अच्छा या बुरा, सहज और असहज प्रभाव तो होता ही रहता है। अपने स्वयं के मन के बीच एक खाई सी बन गई है। मकरंद दवे कहते हैं—''**कहाँ पड़ी है खाई, इस खाई को कैसे कूदकर पार करें?**'' सभी जगह तो द्वैत है, अद्वैत नहीं। अभीप्सा तो अद्वैत की है। एक ओर तो मन छलाँग लगाता रहता है, वह किसी से पूछता नहीं, किसी की मानता भी नहीं, उसे कोई भीति या भ्रांति नहीं है। दूसरी ओर देह कुछ भी सुनने को तैयार नहीं है। शरीर और मन के बीच एक अदृश्य वैरभाव है। कवि ने एक स्थान पर मन के विषय में बोलचाल का एक सहज भाव रखा है।

'**मेरा यह प्यारा मन ललकता ही रहता है।**' यह मन दो दुनिया के बीच भटक जाता है। ये दो दुनिया अर्थात् किसी ने कहा है कि एक दुनिया जो लगभग थकी हुई है और दूसरी अभी जन्मी ही नहीं है। वह जल से जलती है और चंद्रमा उसे शीतलता प्रदान करने का विश्वास दिलाता है। परंतु कभी-कभी वह भी जल उठता है।

कृषिऋषि कवि रॉबर्ट फ्रॉस्ट का काव्य इस संघर्ष में याद दिलाता है। काव्य का शीर्षक है—Fire and Ice

Some say the world will end in fire,
Some say in ice
From what I have tested of desire
I hold with those who favour fire
But if it had to perish twice,
I think I know enough to hate

To say that for destruction ice
Is also great
And would Suffice.

गति-मति मानो सुन्न पड़ गई है, मानो कोई दुर्घटना ने पीछा पकड़ रखा हो, ऐसा लगता है। कवि ने अपनी धार तेज कर दी है। अपनी मनोव्यथा को स्पर्श कर जाए, इस प्रकार से व्यक्त किया है :

कुछ लुट जाने का, कुछ कुचले जाने का
कुछ मर जाने का,
कुछ न जाने क्या-क्या बनते रहने के
संकेतों के बीच में घिरा पड़ा हूँ।
क्या मेरे स्व की अतिशय भाव-सृष्टि ही
ऐसा नहीं होने देती ?

कवि स्वयं ही स्वयं के एक्स-रे को समझने का प्रयत्न करता है। अंदर से पूर्णरूप से नष्ट करनेवाला यह कौन सा कष्ट है ? नींद गायब हो गई है। पूर्ण समर्पण के बाद भी, जीवन को पूर्णता के साथ स्वीकार करने के बाद भी ऐसी दुर्दशा अब सहन नहीं होती है। पल तो स्वयं ही जिंदगी है, यह जीवंत ही होना चाहिए, परंतु इसके बदले में पल स्वयं ही मर रहे हैं। कोई भयानक कोलाहल समग्र अस्तित्व में व्याप्त हो गया है। कभी-कभी ऐसा क्यों लगता है कि अपने आप पर से ही विश्वास उठ गया हो। तब परमात्मा के भरोसे रहकर एक ऐसी तैयारी हो कि चाहे कैसी भी विकट परिस्थिति आए, हम उससे निपट लेंगे या उसे एक चुनौती दे सकेंगे। चारों ओर से घिरा हुआ मानव यदि प्रार्थना करे तो उसमें कोई लाचारी न हो, परंतु एक प्रकार की नम्रता हो, यहाँ ऐसा ही भाव प्रदर्शित है। कवि कहता है—

एक प्रार्थना करूँ ? जो कुछ भी होना है, वह हो
मेरे त्याग, मेरे समर्पण की अनुभूति
यत्र-तत्र-सर्वत्र
तू कराए बिना नहीं रहेगी, ऐसी श्रद्धा है।

ऐसी परिस्थिति में कल के सूरज के लिए मन मानो उदास हो जाता है। कई बार ऐसा होता है कि मन के अंदर एक ही विचार चलता रहता है। यह चक्कर हमें पूर्ण रूप से बिखेर देता है, छिन्न-भिन्न कर देता है और सूर्य की किरणें जैसे ओस के बिंदुओं को सोख लेती हैं, ठीक वैसे ही हमारी स्वस्थता को पूर्ण रूप से सोख लेता है। हम मन को मनाते हैं, परंतु हठीला मन मानता ही नहीं है और यह जिद्दी मन पेड़ की जड़ों के समान अंदर-ही-अंदर गहरा उतरता जाता है। कभी-कभी हम यह खोखला आश्वासन ले बैठते हैं कि दुःख के दिन चार। परंतु यह आश्वासन हमारे विषाद को हटाने के बजाय और गहरा कर देता है। बिजली चमकने पर क्षण भर के लिए अंधकार का लोप होता है और बिजली के लुप्त होते ही पुनः वही अंधकार, शायद पहले जितना गहन था, उससे अधिक गहन हो जाता है। हम अपने ही पिंजरे में से छूटने का प्रयत्न करते हैं। मन को काम में लगा देते हैं, परंतु यह तो छिटक जाने की एक खिड़की जैसी बाह्य परिस्थिति बन गई है।

विचारों का प्रवाह, उसका कोलाहल हमें डगमगा देता है। जीवन के ऐसे मूलभूत प्रश्न—स्वयं जगदंबा ने जीवन का एक कविता की तरह

सृजन किया, फिर इस कविता में यह बेसुरापन क्यों, कहाँ से? प्रश्नों की शृंखला रेगिस्तान में चलते काफिले की तरह आगे बढ़ती रहती है। यह जीवन श्रद्धा और अश्रद्धा के बीच बँट जाता है। हमारी अपनी अपेक्षा ही हमें धिक्कारती है। हमें सहज भाव से कुछ भी प्राप्त नहीं होता है। स्वीकृति से हम दूर, और भी दूर चले जाते हैं। हम तो मात्र विकल्पहीन अवस्था में रख दिए गए हैं, ऐसा लगता है।

हम अपने स्वयं के उदार भाव को भी पूर्णरूप से पहचान नहीं पाते हैं। कभी-कभी यह भाव छिछला लगता है। हमारी उदारता मानो हमारे दोषों को ढकने के लिए है, ऐसा भी महसूस होता है। ईश्वर की लीला तो एक ओर रह जाती है और विचारलीला कील की तरह गहरी घुसती चली जाती है; और चक्कर खाते पक्षी के समान एक ही प्रकार के विचार इस संकुचित आकाश में घूमते रहते हैं। उपयोगितावाद है हमारा संकुचित जगत्। इस जगत् में वस्तु की कीमत होती है, परंतु मनुष्य की कोई कीमत नहीं। मानो हम सब एक अंधे युग की ओर बढ़ रहे हैं, ऐसी अनुभूति होती है। ईश्वर की लीला का विकृत स्वरूप, हम हमारी कथित भूमिका निभाने का नाटक ही कर रहे होते हैं। उमाशंकर जोशी के कथनानुसार—''मूर्खता और धूर्तता से भरे लोगों को निभाने में ही जिंदगी व्यतीत हो जाती है। यह संसार मुखौटे लगाए चालबाज दुर्बल लोगों का है, जिन्हें जोड़-तोड़ में ही जीने की आदत हो गई है।'' कवि तो जोर देकर कहता है—

समाधान को जीवन किसलिए बनाना?
संकल्प ही जीवन हो सकता है।

कवि के पास अपने भाव हैं, सद्भाव है, परंतु उन्हें तो आसपास के समस्त प्रभावों से मुक्त होना है। अपने 'स्व' का परिचय प्राप्त करना है। किसी के साथ तुलना न करते हुए अपने 'स्व' को प्राप्त करने की बात है। श्रेष्ठता सिद्ध नहीं करनी है, परंतु तर्कपूर्ण बुद्धि से विवेक को प्राप्त करना है। सामान्य व्यक्ति के रूप में अपने विवेक से ऐसा आनंद प्राप्त करना है, जिसका अंत न हो। सुख, मौज-मस्ती तो आते-जाते ही रहते हैं। उन्हें तो एक पूर्ण आनंद की अवस्था चाहिए। किसी के साथ कोई अन्याय न हो जाए, इसलिए सतत सावधान रहना है और जगदंबा की छत्रच्छाया में स्वयं ही स्वयं के स्वरूप को पहचानना है। स्वयं ही स्वयं को चुनौती देनी है और सफलता प्राप्त करनी है। स्वयं को पा लेना ही सबसे बड़ी और श्रेष्ठ उपलब्धि है। अपने स्वयं की पहचान ही सबसे श्रेष्ठ पहचान है। स्वयं का व्यक्तित्व ही ऐसा हो मानो परमात्मा का अनुशंसा-पत्र है!

कवि की कलम विविध भाव-स्वरूप धारण करती है और इसमें कोई सायास या प्रयास नहीं, परंतु सबकुछ अनायास और स्वाभाविक गति से होता रहता है। कलम कभी लहर तो कभी एक झंझावात का रूप धारण करती है। कभी प्रपात के रूप में बहती है तो कभी संवेदना के एक सरोवर की रचना कर डालती है। मात्र इतना ही नहीं, कवि विविध कल्पनाओं के माध्यम से भी बात कर सकता है—सूखे उजड़े खेत, स्कूल से बाहर निकलता बालक, प्यासे कान, उष्मा प्रदान करता पेड़ का तना—ऐसी कई कल्पनाओं के द्वारा कवि अपने भाव-जगत् को प्रकट करता रहता है। कवि की कलम को यदि अंदर से किसी का सहारा है तो वह एकमात्र श्रद्धा का, तीव्र प्रतीक्षाओं का। यह तीव्रता ही उन्हें अंदर से जिलाती और जगाती है। जीवन मात्र की भावना जगत् का एक प्रभावी परिबल है। प्रतीक्षा का पल कवि के लिए 'स्व' में रस नहीं, सर्व में रस है। उन्हें स्वयं में रस नहीं, परंतु वयं में रस है। भावावेश को आत्मसात् करने के पश्चात् कवि जिन तार-स्वरों में पंक्तियों को प्रवाहित करता है, उसमें हमें एक सच्चाई और निष्ठा की रणकार सुनाई देती है—

मुझे तो जगत् को भावनाओं से जोड़ना है।
मुझे तो सबकी वेदना की अनुभूति करनी है,

मुझे तो अपनेपन के अस्तित्व की आहुति देनी है।
तभी तो कहता हूँ, मुझे ऐसी तीव्रता
सर्वकाल के लिए क्यों नहीं मिलती?
देख न··· माँ! प्रतीक्षा के पलों की बात भी
मेरे अंतर्मन को कितना विह्वल कर रही है!

कवि जब भी बात करता है, तब उसमें दुर्बलता की वृत्ति नहीं होती है। केवल स्वाभिमान, समर्पण की भावना होती है; याचना नहीं, माँगना नहीं, प्रतीक्षा का मौन ही उसकी साधना है। प्रतीक्षा के प्रत्येक पल के लिए उसकी कोई शिकायत नहीं। वह स्वयं स्वस्थता के कुटीर में आंतरिक तप से परिपक्व है। किसी भी प्रकार के वैयक्तिक बंधनों या उतार-चढ़ाव के धक्के उसे नहीं चाहिए। कवि तो बस एक ही प्रार्थना करता है—

माँ··· मुझे शंका-कुशंका, आशा-निराशा
भय-चिंता, सफलता-असफलता
पा लेना या खो देना सर्व भावों से मुक्त कर।

कवि प्रत्येक परिस्थिति से परिचित है, मानो यह सब एक कसौटी का भाग हो। वह ऐसे निरुत्तर प्रश्न को साक्षी भाव के साथ देखता रहता है।

संभवत: कोई समझ सकता है कि इसमें जो कुछ भी लिखा गया है, मैं उसका सारांश भर बता रहा हूँ या इन प्रार्थनाओं का आस्वाद करा रहा हूँ, परंतु पढ़ते समय मुझे जो सहजता से समझ में आता है, उसे मैं अपनी तरह से प्रकट कर रहा हूँ। कवि को इस जगत् में कई चीजें हमेशा खटकती हैं। जगत् संकुचित होता जा रहा है। टैगोर की प्रार्थना याद आती है—

अंतर मम विकसित करो अंतरतर हे!
निर्मल करो, उज्ज्वल करो, सुंदर करो हे!
जाग्रत् करो, उद्यत करो, निर्भय करो हे!
मंगल करो, निरलस निःसंशय करो हे!
युक्त करो हे सबार* संगे, मुक्त करो हे बंध!
संचार करो सकल कर्मे शांत तोमार छंद।
चरणपद्मे मम चित्त निःस्पंदित करो हे!
नंदित करो, नंदित करो, नंदित करो हे!

तंत्र के कारण अथवा स्पष्ट शब्दों में कहें तो दूर-ध्वनि के कारण जगत् हमारे पास है, परंतु हमारे साथ नहीं है। जगत् संकुचित होता जा रहा है, परंतु आत्मीय नहीं हो रहा है। मनुष्य का मन और अंतर मानो अपने घुटने मोड़कर पड़ा हुआ है। व्यक्ति है, परंतु अभिव्यक्ति नहीं है। पत्र-लेखन की कला लुप्त हो गई है। अभिव्यक्ति का अवसर रहा ही नहीं। इतिहास और दस्तावेज संभवत: शनैः-शनैः दंतकथा जैसे हो जाएँ। किसी का साथ नहीं है। कुछ भी व्यक्तिगत नहीं। भावनाशील हृदय है, परंतु इस हृदय को वाणी दे तो भी क्या? मूक पशु की भी भावना होगी। बालक के

* सबके (बँगला शब्द)

हास्य में भाषाहीन स्नेह भरा मिलन होता है। प्रतीक्षा भी अपनी भाषा खो बैठी है। नेत्र बहुत वाचाल हैं, परंतु इनकी बारहखड़ी कौन समझेगा? इसके लिए कोई पाठ्य-पुस्तक भी नहीं होती है, फिर भी नेत्र की भाषा समझे बिना नहीं रहा जाता है। एक ओर भावना है और दूसरी ओर अभिव्यक्ति प्रकट करने की तमन्ना है। मुनष्य भीड़ में खो गया है। कवि अराजकता का मानव नहीं है, उसमें प्राण तत्त्व है व्यवस्था का। जबकि उसमें एक कला है—"उसे मानव संगीत निर्देशित करना आता है, पर इस बात का अहंकार नहीं है कि वह यह निर्देशन कर रहा है।"

काम करते-करते चूर हो जाने में उनको कोई आपत्ति नहीं। पसीने से भरे बिस्तर से भी उन्हें कोई वितृष्णा नहीं है। उन्हें तो कुछ करना है। अपने स्वयं के लिए नहीं, इस जगत् के लिए। कवि का भावनापूर्ण हृदय मात्र मनुष्य के लिए ही नहीं, पशुओं के बारे में भी विचार करता है। परंतु मानवमात्र के लिए उनकी चिंता और चिंतन लगातार चलता रहता है—'यह मनुष्य की कैसी दुर्दशा है!'

यह सब पढ़ते हुए टी.एस. इलियट कवि की पंक्तियाँ बरबस याद आती हैं। जब हम कोई कृति पढ़ते हैं, यदि वह किसी बड़ी हस्ती के कवि की उड़ान की गति का अहसास कराती है, तो यह एक आनंदप्रद घटना कहलाती है। इलियट ने भी यही बात कही थी। वेदना—कवि यहाँ का हो या पश्चिम देश का—कवि कवि होता है, सर्वत्र एक ही है, और यहाँ तो सर्व वेदना की बात है। इलियट कहते हैं—

The endless cycle of idea and action
Endless invention, endless experiment,
Brings knowledge of motion, but not to stillness;
Knowledge of speech, but not of silence;
Knowledge of words, and ignorance of the word.
All our knowledge brings us nearer to our ignorance
All our ignorance brings us nearer to death,
But nearness to death no nearer to God.
Where is the life we have lost in living?
Where is the wisdom we have lost in knowledge?
Where is the knowledge we have lost in information?
The cycles of Heaven in twenty centuries
Bring us farther, from God and nearer to the dust.

यहाँ से काव्य की राह थोड़ी अलग हो गई है और कुछ अंश तो मानो डायरी का ही एक रूप ले रहा है, ऐसा लगता है। शिविर प्रारंभ होनेवाला है और उसका उत्साह भी विशेष है। एक प्रकार की उलझन भी है। हालाँकि यह बहुत थकानेवाला कार्य है, फिर भी उत्साह इतना अधिक है कि थकान का अहसास तक नहीं है। भूख और नींद जैसा कुछ भी नहीं। सारी रात बिना नींद के बीत जाती है। इसके उपरांत भी एक प्रकार की अनन्य धन्यता, प्रसन्नता का अनुभव होता है। स्वयंसेवकों के दल-के-दल आते हैं; हृदय में उत्साह और उमंग इतनी है कि सब काम एक के बाद एक पूरे होते जाते हैं, परंतु जैसा चाहा, वैसा आनंद नहीं मिलता है। इसकी एक पीड़ा है। इतने सब स्वयंसेवकों की देखभाल में सब प्रकार की सुविधाएँ तो नहीं होती हैं। दूसरी ओर मातृभूमि का कल्याण, विजय का विश्वास, निस्स्वार्थ प्रेम के कारण कई अनाम अद्‌भुत अनुभव होते हैं। यह अद्‌भुत अनुभव अनंत आनंद देते हैं। ऐसा लगता है कि एक समर्पण यात्रा चल रही है। तप और तपश्चर्या जैसे भारी-भरकम शब्दों का उपयोग नहीं होता है, परंतु जो कुछ भी हो रहा है, उसको कोई नाम देने से अभिव्यक्ति की पूर्णता नहीं होती है। मानो विवेकानंद की दरिद्रनारायणों की कामना-पूर्ति हेतु ही ऐसे कर्मयोग को झंकृत किया गया है। एक ओर तो कुछ कार्य किया है, इसकी तृप्ति है तो दूसरी ओर हृदय में आग है।

शिविर का प्रथम दिवस पूर्ण हुआ, दूसरे दिन के कार्यों की भरमार है। विशेष प्रकार की उमंग दिखाई देती है। कारण है—पूज्य सरसंघचालकजी पधारने वाले हैं। सब कुछ भाविक और स्वाभाविक रूप से होता है। शब्द और जीवन साथ-साथ जुड़े हैं, अलग नहीं। काव्यनायक को पूर्ण उत्तरदायित्व सौंपा गया है, उसमें उन्हें विशेष रस और रुचि है।

काव्यनायक को बातचीत से प्रतीत होता है कि संघ और उसके बड़े पदाधिकारियों को उनसे बहुत अधिक अपेक्षा है। कर्ता कुछ भी वैयक्तिक दृष्टि से देखना नहीं चाहता है, यह उसकी सिद्धि है। सार्वत्रिक दृष्टि से प्रश्न को समझने का उनका प्रयास है। गुजरात उनके केंद्र में है और गुजरात की भी उनपर दृष्टि लगी हुई है। कष्ट सहने का उनका संकल्प मजबूत है। वे जानते हैं कि आज तक उनके जीवन को लोग बाइनोक्यूलर (दूरबीन) से देखते थे, पर अब वे ही उसे सूक्ष्मदर्शक यंत्र से देखनेवाले हैं। कसौटी पर चढ़ना है। उनकी एक ही प्रार्थना है—'कसौटी पर मैं तनिक भी न्यून न उतरूँ, ऐसी शक्ति और भक्ति की मुझे अभीप्सा है।'

शिविर का अंतिम दिवस आ गया है। निर्माण के साथ ही तो निर्वाण होता है। सर्जन के साथ ही विसर्जन होता है। इतनी अधिक मेहनत की और इतनी शीघ्रता से शिविर का अंतिम दिन भी आ गया। इसका थोड़ा दुःख भी है। सब कुछ अल्पजीवी है। इसकी वेदना है, परंतु ज्ञानी तो तत्त्वज्ञान से मन का समाधान ढूँढ़ लेता है और कहते हैं, वैसे भी जगत् में जो कुछ भी प्राप्य होने का आनंद है, वह विशेष रूप से अल्पजीवी है। रस है संस्कृति के अधिष्ठान में। इतना तो कवि ने प्राप्त कर लिया है कि बाह्य जीवन मात्र प्रभावी है, प्रेरक नहीं है। कवि को किसी महानद में रस नहीं है। उनका जीवन तो शांत झरने में है। झरना तो रण को भी जीवंत करता है। कवि पूर्ण संतोष और शांति से कहता है—

झरना एक सातत्यपूर्ण सरस संवाद का सर्जन करता है
जिसमें संगीत की मधुरता गूँजती है और
तभी तो मानव को झरने की अभीप्सा होती है।
कितना अल्प प्रवाह होता है।
नाद नहीं, निनाद नहीं,
सरोवर जैसी विशालता नहीं
सागर जैसा तूफान नहीं,
नदी जैसी गति नहीं
फिर भी झरना कितना आत्मसंतोषी है।
उसकी यह छोटी सी शक्ति भी कितनों को
अपने में अंकित कर लेती है।

कवि को कोलाहल से भरे घाट पर बैठने में रस नहीं आता है। उसको जितना रस आत्मतत्त्व में आता है, उतना किसी अन्य में नहीं। शिविर तो पक्षियों के घोंसले की तरह बिखर गया। तपोभूमि का वातावरण बदल गया। उस वातावरण में पवित्रता थी, कवि के मन में उसकी महिमा है। वह कहता है—'मेरे पास में यदि कोई ऐसा पात्र होता तो अंजलि भर-भरकर इस आनंद को सहेज लेता। परंतु जो आता है, वह तो गुजर ही जाता है। आनंद के साथ शोक और प्रतीक्षा होती है।' कवि एकाकीपन का अहसास करता है, अनुभव करता है। असह्य वेदना होने के उपरांत भी किसी भी हालत में या परिस्थिति में समभाव को खोना नहीं चाहता है। कवि को शाश्वती में रस आता है। वर्षा के जल की एक बूँद भी यदि मोती बन

जाए तो वह चिरंजीव हो जाती है। कवि शाश्वती की अभीप्सा में जीता है और स्वयं को स्वयं की पात्रता से जीवित रखता है। सुंदरम् की पंक्ति याद आती है—

जिंदगी! तेरा मधुरतम यह क्षण
इसे किसी भी प्रकार से
आनंद की…विरामहीन
शाश्वती में जड़ सकती हो तो?

प्रारंभ में ही मैंने यह बात छेड़ी थी कि सारी-की-सारी बात कविता के नजदीक की है और अब जो बात सामने आती है, वह काव्यसृष्टि की है। कविता-सृष्टि तो एक निमित्त है, परंतु अंत में उनका ध्येय किसी भी कलाकृति की ओर हो सकता है। कवि की वाणी इतने तीव्र प्रवाह के समान बहती है कि जो भी आता है, उसे वह खुले मन से अपना लेती है; और यदि स्वाभाविक रूप से अंग्रेजी भाषा के शब्द आते हैं तो उसे भी स्वीकार कर लेता है। मूल रूप से तो उसकी बात यहाँ एक बिंदु पर ही है कि हमारा सर्जन का मूल किसमें छुपा है? हम सर्जन के नाम पर कोई उत्पादन तो नहीं करते हैं न? उत्पादन का कार्य तो यंत्र का है। कविता का कार्य मंत्र का है। प्रोडक्शन नहीं, परंतु क्रिएशन का महत्त्व है। कविता के अक्षर बर्फ के टुकड़े नहीं हैं। हमारे अंदर कुछ खाली होता है, रिक्त होता है तो उसे भर सकते हैं—खाली और खालीपन के बीच एक अंतर है। सर्जन करने के लिए शून्यावकाश चाहिए। नेत्रों में आकाश और दृष्टि बाहर नहीं, अंदर हो, ऐसा एक सर्जक के लिए अनिवार्य है। बारहखड़ी के अक्षरों के मेले में सर्जन बिछड़ गए बालक जैसा होता है।

एक व्यक्ति के रूप में, एक सर्जक के रूप में उनकी उलझन अंदर-ही-अंदर घुटती रहती है। मनुष्य के मन को समझने और प्राप्त करने की झँखना है, परंतु मानव स्वयं ही क्या खोज रहा है, यह मुख्य बात जानकर भी जानी नहीं जाती है। शायद मानव को जितना स्वयं के प्रतिबिंब में रस है, उतना दूसरे में नहीं। स्व में रस है, उतना सर्व में नहीं है। दो मानव मिलते हैं, इसमें योग करने का उपयोग ज्यादा है। कोई भी संबंध हो, अंत में है तो शृंखला ही, जंजीर ही, बेड़ी ही, अपेक्षाओं का गट्ठर ही। कवि कहता है—मानव मानव को निचोड़ रहा है।

इलियट की पंक्ति याद आती है—

We meet each other
to exploit each other

मानव है, परंतु मानवता नहीं है। साधन है, परंतु साधना नहीं है। अहं का ॐकार में रूपांतरण नहीं है। किसी भी मानव का यदि साधन के रूप में उपयोग करो, तो वह मानव मिट जाता है और वस्तु बन जाता है। बीज में से जो वृक्ष होना चाहिए, वह वृक्ष नहीं होता। शब्द-शब्द में हमें चीरे जाने की वेदना का अनुभव होता है। परम की ओर जाने की ललक है और पामरता को निकाल बाहर करना है। कभी तो शुभ होगा, इसकी श्रद्धा है तो कभी अशुभ के संकेत हैं। इसके कारण दुःख की दशा और दिशा है, परंतु कवि की सहनशक्ति कहीं भी कमतर नहीं उतरती है। उसकी अपार श्रद्धा जगदंबा की चरणागति-शरणागति की ओर ले जाती है।

उनकी प्रतीति है कि वेदना बाँझ होती है। यदि हम ऐसा मानते हैं कि वेदना की अनुभूति में से सर्जन होता है तो यह हमारा भ्रम है। हमारे अनाथ सपने करुण होते हैं। सर्जन तो करुणा में से होता है। वेदना में दर्द है, जबकि करुणा स्वयं ही दर्द है।

मानव उत्सवप्रिय है, यह तो हमें कालिदास ने बहुत पहले बता दिया है, परंतु उत्सव मनुष्य के जीने के लिए अनिवार्य हैं यह कवि की दृढ़ मान्यता है। नया वर्ष एक ओर तो मृत्यु की ओर की गति का सूचक है, परंतु अंत में मानव भय से नहीं, बल्कि किसी प्रकाश में विलीन होने के लिए मृत्यु की कामना करे, तो मरण भी ज्योतिपर्व बने और जीने का गौरव बना रहे।

पूर्व और पश्चिम की चर्चा की छीछालेदर बहुत हो गई। विज्ञान के कारण भावसृष्टि भी मारी गई। पश्चिम का द्रोह नहीं, पर पश्चिम का जो कुछ भी उत्तम है, वह स्वीकार है। परंतु हम तो सबकुछ अपूर्ण रखते हैं और त्रिशंकु की दशा में जीते हैं। हमें दुनिया की रचना तो करनी है—वह अपने स्वयं के सुख के लिए। हम अपेक्षाओं में जीते हैं। हरींद्र दवे की बहुत परिचित पंक्ति याद आती है—"किसी का भी स्नेह कभी भी कम नहीं होता, परंतु हमारी अपेक्षाएँ ही अधिक होती हैं।" हम ईशावास्यम् का मंत्र भूल गए हैं—त्याग में सुख, मिट जाने में, खप जाने में सुख। हमें जीना है, परंतु समर्पण का अंशमात्र नहीं, केवल स्वार्थ से जीना है। यह स्वार्थ-वृत्ति एक प्रकार से देखें तो शिकारी और भिखारी की वृत्ति है। इस अर्थ में हम जन्मजात दरिद्र हैं।

कवि ने इतने अधिक प्रश्नों, उलझनों, कठिनाइयों, वेदनाओं, बेचैनियों, अधैर्य, व्यग्रता—इन सबके नकारात्मक वातावरण में सकारात्मक श्रद्धा के साथ काव्य को सौंदर्य और गरिमा से पूर्ण किया है।

You are you
and I am I
and
If by chance
We find
Each other
It is beautiful.

नरेंद्रभाई और मेरा परिचय उनके मुख्यमंत्री बनने के पूर्व से है। वे मुझे 'कविता के संपादक' के रूप में पहचानते हैं। मैं उन्हें गुजराती भाषा और विशेषकर कविता के प्रेमी के रूप में पहचानता हूँ। उनमें एक साथ नम्रता और स्वाभिमान दोनों के दर्शन होते हैं। इसके पूर्व भी मैंने उनके द्वारा लिखे लेखों को पढ़ा है और जिस प्रकार से उनसे परिचय प्रगाढ़ होता गया है तो मैं कह सकता हूँ कि वे एक स्पष्ट वक्ता हैं। वे 'हाँ' कहें तो वह भी महत्त्वपूर्ण होता है और 'न' कहते हैं तो भी उसके पीछे कोई सशक्त कारण होता है। अभी तक भारत में कोई मुख्यमंत्री ऐसा नहीं हुआ, जिसने अपने गुरुओं का सम्मान किया हो। यहाँ उनकी नम्रता प्रकट होती है। किरीट जोशी जैसे मूल्यनिष्ठ शिक्षाविद् को गुजरात में रातोरात बुलाकर लानेवाला और कोई नहीं, नरेंद्र मोदी ही हैं। मनुष्य जिस प्रकार चिमटे से अंगारा पकड़ता है, ठीक वैसे ही उनमें किसी की कुशलता को परखने की शक्ति है। उनकी विचारशक्ति मौलिक और पारदर्शक है। इसी कारण वे ऐसे कर्मठ पुरुष बन सके हैं। एक बार संकल्प कर लें कि यह कार्य मुझे करना है तो अपना पूर्ण पुरुषार्थ उसमें झोंककर उस कार्य को पूर्ण करते हैं। परंतु इन सबमें एक भी ऐसा कार्य नहीं होता है, जो उनका व्यक्तिगत होता हो। उनकी दृष्टि के सम्मुख मात्र गुजरात का विकास ही दिखाई देता है। इतने वर्षों में उन्होंने जो भी कर दिखाया, वैसा शायद ही कोई करके दिखा पाया है।

उनके प्रार्थनामय काव्य या काव्यमय प्रार्थनाओं को पढ़कर मैं समृद्ध हुआ हूँ, इसमें कोई अतिशयोक्ति नहीं है। उनके मित्र के रूप में मुझे इस संग्रह पर गौरव है।

ता. 9 से 29-3-2011

—सुरेश दलाल

प्यारे पाठक मित्रो,

साक्षी भाव से ही 'साक्षी भाव' आपके हाथ में रख रहा हूँ।

यह कोई साहित्यिक रचना नहीं है। तीस वर्ष पूर्व अपनी डायरी के पन्नों पर लिखी भावनाओं की आर्द्रता है यह।

कविता हमारे अंतर्मन की अनुभूतियों की सघन अभिव्यक्ति है। इस अभिव्यक्ति के साधन अलग-अलग हो सकते हैं। शब्द, रंग, रेखाएँ किसी भी माध्यम में, जिसमें रचनाकार सहजता और सुविधा महसूस करे। सृजन पीड़ादायी होता है। हृदय की गहन पीड़ा आपको इन कविताओं में बहती मिलेगी। मेरा यह प्रयास सायास नहीं, अनायास है। अंतर्मन से निकला हुआ। आहद नहीं, अनहद सा। आहद होता तो किसी आघात की परिणति से पैदा होता। उसे गाने, सुनने और सुनाने की तीव्र इच्छा होती। अनहद इसलिए, क्योंकि यह आत्मा की नीरवता से उपजा है। न किसी को सुनाने की इच्छा है, न बताने की।

अतीत में मंथन करते रहने के कारण मुझमें एक अच्छी आदत का विकास हुआ था—नियमित रूप से जगज्जननी माँ को पत्र लिखने की। अपने अंतर्मन को प्रकट कर माँ शक्ति के चरणों में रखकर अपने मन को खोलने की आदत हो गई थी। इस प्रक्रिया में मुझे अलौकिक मौन संवाद की अनुभूति होती थी। आत्मा की सघन अनुभूतियों के जरिए 'साक्षी भाव' जगज्जननी माँ जगदंबा से सीधा संवाद होना। यह संवाद किसके लिए है ? क्या यह कवि की निजी व्यथा है या समाज का भी उसपर कुछ अधिकार है। कोई तीस साल पुराने ऐसे ढेर सारे संवादों का यह चिट्ठा है, जिसमें मेरे भावविश्व की अनुभूति है।

मैं तो डायरी की शक्ल में रोज के इन संवादों को लिखने के कुछ दिन बाद इन्हें नष्ट कर देता था। मैं उन्हें बारी-बारी से आग के हवाले कर देता। अग्नि की शरण में जानेवाले ऐसे भाव-पत्रों की संख्या शायद सैकड़ों में हो। वर्षों तक जगज्जननी माँ से संवाद के तौर पर लिखी ये कविताएँ भी अग्नि की समिधा बन जातीं, होम हो जातीं, अगर सुरेशभाई इन्हें जबरन अपने पास न ले गए होते। उन्होंने ही इन कुछ चिट्ठियों को सहेजा; जो बच गईं, वही इस पुस्तक के पन्नों में कविता के रूप में दर्ज हो, अपनी

बेचैनी का आवर्तन करती हैं। माँ जगदंबा को संबोधित कर कही गई बातें सरल, सहज और सीधी हों, इस पर उनका विशेष ध्यान था।

ये कविताएँ लिखी तो 'स्वांतः सुखाय' थीं। पर बदलते वक्त के साथ अब ये 'स्वांतः सुखाय' नहीं रह गईं। समूची पुस्तक एक भक्त की अपनी आराध्य माँ के समक्ष आर्द्र पुकार है। यह पुकार हृदय की किसी रहस्यमयी गुफा से निकलती है और मानस-पटल पर चक्रवाती मेघ की तरह छा जाती है। लेखक इस तूफान का वाहक, भोक्ता और दर्शक है। हृदय की सरिता से निसृत हुई ये पक्तियाँ संवेदनाओं के नए द्वार खोलती हैं। यही इनके होने की सार्थकता है।

मैं भी आपके समान गुण-दोष भरा सामान्य मानव ही हूँ। सबके समान मैं भी अपने व्यक्तित्व के विकास का निरंतर प्रयास करता रहता हूँ।

मेरी तरफ से सिर्फ इतना ही, बाकी फैसला आपका!

जगज्जननी माँ के चरणों में प्रणाम!

इति शुभम्!

सबका

—नरेंद्र मोदी

अनुक्रमणिका

जीवन का अधिष्ठान

जगज्जननी माँ के श्रीचरणों में प्रणाम!

उन्नीस सौ छियासी के उत्तरार्ध के
अंतिम महीने का प्रथम दिवस
स्थिर लटकता कैलेंडर जीवन की गति दर्शाता!!!
एक बड़ा आश्चर्य ही तो है न?
परंतु मानवी की गति निरंतर है।

जगत् स्वयं ही एक गति है न?
परंतु इस गतिशील जगत् में मैं कहाँ?
क्या मैं गति के साथ हूँ?
या गति के सामने हूँ?
क्या प्रगति, मुक्त गति है या फिर
गति का आभास मात्र है?
क्या मेरा भी हाल उस कैलेंडर जैसा तो नहीं न?
किसी भी प्रकार की हलचल के बिना
जो गति का भास खड़ा करता है
या फिर जीवंतता के कारण स्थिरता नहीं,
इसलिए गति है?
तो फिर यह गति अधोगति तो नहीं हो सकती
ऐसा कैसे कह सकते हैं?
हाँ, परंतु उसका मापदंड क्या?
यों भी गति, प्रगति या अधोगति
सभी कुछ तो सापेक्ष ही है न!
एक के मन जो प्रगति है
दूसरे के मन यह अधोगति क्या नहीं होती?
तो क्या जीवन ऐसे ही सापेक्षता के सहारे
जिया जाएगा?
क्या जीवन की गति का कोई निरपेक्ष भाव
हो ही नहीं सकता?
और यदि···जीवन की सापेक्षता की सीमाओं में ही बँधे रहना है,
तो फिर असंतोष की आग को रोकेगा कौन?
असंतोष की आग सापेक्ष चिंतन का ही तो
परिणाम है न?

इतना जानने के बाद भी
किसलिए निरपेक्ष भाव
जीवन का अधिष्ठान नहीं बनता है?
किसलिए जीवन कामनाओं से
परे नहीं बनता?
जीवन कहीं स्वप्नों का चिरंतन स्मारक बन
नवजीवन को गति और मति दोनों ही देता है,
तो कहीं जीवन
स्वप्नों का खँडहर बन आह और आँसू से
छलकता है।
इसीलिए तो निरपेक्ष भावपूर्ण जीवन की
कामना करता हूँ, याचना करता हूँ!

01-12-1986

सपनों का खँडहर

जगज्जननी माँ के श्रीचरणों में प्रणाम!

सुबह का सूरज कुछ-न-कुछ भनक लेकर आता है
परंतु आज का सूरज कुछ धुँधला
कुछ बेचैन करनेवाला
कोई चिंता पैदा करनेवाला
नहीं पता, मेरे स्वयं का
कुछ लूटा जा रहा है ऐसे मिश्र भावों के साथ
सूरज मेरे आस-पास घूमता रहता है।

यह शरीर यहाँ, मन मेरा वहाँ,
तुम्हारा भी कैसा कमाल है!
जीवन की कैसी मिसाल है!
मन और मेरे मध्य
अद्वैत का सेतु क्यों सर्जन नहीं कर पाता है?
देखो···कभी मैं यहाँ तो मन वहाँ
कभी मन यहाँ तो मैं कहीं और,
पल-दो पल में योजनों दूर
यह मन कैसी छलाँग मार
चला जाता है!
न तो उसे रास्ता ही पूछना पड़ता
न ही उसे अँधेरा रुकावट खड़ी करता
न तो उसे कोई भीति है, न ही उसे कोई भ्रांति!
मेरा यह प्यारा मन ललकता ही रहता है।
उसे कहाँ परवाह है इस शरीर की!
उस पर कितना-कितना बीतता है।

इस स्वप्न-सागर में यह जलता है
परंतु फिर मन ही चाँद बन
उसे शीतलता का स्पर्श भी करवा जाता है, सच है।
परंतु कभी वह जल उठता है तब?
अहा-हा! शोले सा जलता है सबकुछ!
सृष्टि को मानो आग लगा दी गई है।
स्वप्नों के खँडहर भरभरा जाते हैं।
तन-बदन सब बेकार हो जाते हैं।
सबकुछ धुँधला—सब जगह बेचैनी···
देखो न माँ!
आज का दिन ऐसा क्यों लगता है?
सूरज ऊपर चढ़ने के साथ-साथ
मुझे अधिक-से-अधिक जलन क्यों देता है?
सबकुछ देख सकता हूँ, जान सकता हूँ
माँ, तेरी कृपा से।

परंतु आज मानो मति शून्य हो गई है
कुछ लुट जाने का, कुछ कुचले जाने का
कुछ मर जाने का, कुछ न जाने क्या-क्या
बनते रहने के
संकेतों के बीच मैं घिरा पड़ा हूँ।
क्या मेरे स्व की अतिशय भाव-सृष्टि ही
ऐसा नहीं होने देती ?
न···माँ···न···ऐसा नहीं लगता।
ठंडे कलेजे मारे जाते स्वप्नों···
ठंडे कलेजे लूटी जाती एषणाएँ···
ठंडे कलेजे कत्ल होते अरमान···
न जाने क्यों···परंतु निस्सहायता
के बीच प्रत्येक पल घिरती जाती है।
माँ, मानो मुझे प्रत्येक पल
मृत्यु की ओर धकेल रहा है
ऐसा भाव क्यों पैदा होता है ?
मुझे लगता है—यह सूरज ही जला रहा है।

नहीं, ऐसा नहीं है;
देखो, विलंब से आया हुआ यह चंद्रमा भी
शीतलता लेकर कहाँ आया है ?
इसने तो नींद हराम कर दी है।
माँ, क्यों इतने सब कष्ट मुझे भोगने हैं ?
मार न, इस शरीर के ऊपर जितने घाव
मारने हों, उतने मार।
कर, उसके टुकड़े-टुकड़े कर…
कोई उफ भी नहीं निकलेगी
माँ, तो फिर ये घाव मुझ पर किसलिए ?
इतने-इतने समर्पण के बाद भी,
जीवन को पूर्णता के साथ स्वीकार करने के बाद भी
किसलिए है ऐसी अवदशा ?
या फिर माँ…मेरे मन-जीवन का
प्रत्येक पल जितना गंभीर है
प्रत्येक पल की अपनी जिंदगी है।
परंतु, मानो यह पल स्वयं ही मर रहा है,
क्या भूतकाल में भी कभी-कभी अनुभव होती है वेदना ?
हृदय की गहराइयों में से होते चीत्कार
आँखों के सामने उभरते अस्पष्ट चित्र,
शंका और कुशंकाओं के बादलों को मात करता मैं
आज इतना अस्पष्ट क्यों हूँ ?
माँ…अंतर्मन भयानक कोलाहल से भरा है !

आनेवाली समस्त परिस्थिति अभी तो
भावी के गर्भ में वास कर रही है–
सबकुछ तेरे चरणों में सौंप निश्चिंत हुआ हूँ माँ!

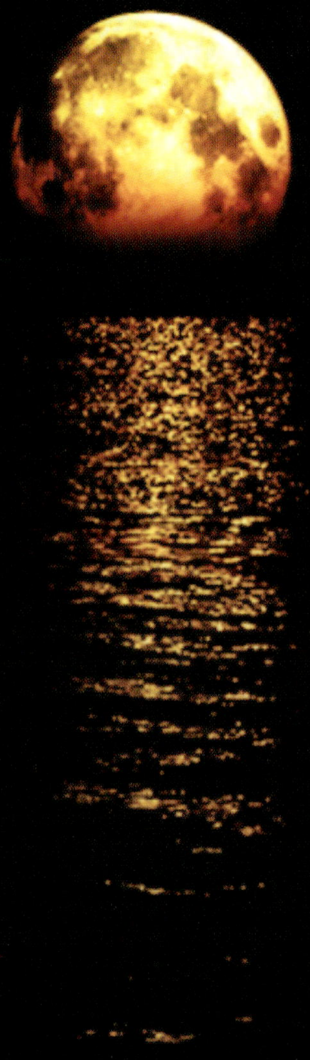

माँ, तू इसलिए तो ये संकेत
स्पष्ट करने के लिए तैयार नहीं कि
सबकुछ मेरे लिए घातक बन जाएगा?
क्या जीवन दुष्कर बन जाएगा?

माँ, मेरी तो हर पल तैयारी है!
क्या तू ही मुझ पर से भरोसा खो बैठी है?
मुझे चाहे जैसी परिस्थिति प्राप्त हो
उसे पहुँचने की, चुनौती देने की तैयारी है?

माँ, तू स्पष्ट कर!
आज ऐसे धुँधले वातावरण का जन्म क्यों हुआ?
माँ, तेरी प्रदत्त शक्ति के भरोसे ही तो
मैं ऐसी अनुभूति कर सका हूँ।
तो फिर मेरी शक्ति में अविश्वास किसलिए?
शायद मन की इस अवस्था में से
तू मुझे बाहर आने देने को तैयार नहीं
शायद माँ··· तेरा कोई संकेत होगा,
इतना ही, अभी तो ऐसा मानता हूँ,
खैर माँ, तेरी इच्छा के बाहर जाने की
मेरी शक्ति ही कहाँ है?
एक प्रार्थना करूँ? जो कुछ भी होना है, वह हो
मेरे त्याग, मेरे समर्पण की अनुभूति
यत्र-तत्र-सर्वत्र
तू कराए बिना नहीं रहेगी, ऐसी श्रद्धा है।
आने वाली सारी ही परिस्थितियाँ अभी तो
भावी के गर्भ में वास कर रही हैं।
माँ···सबकुछ तेरे ही चरणों में होम कर
निश्चिंत होना चाहता मैं।

आज पहली बार ऐसी विकटता का अनुभव करता हूँ,
शब्दों को भी डरा दे वैसी भयानकता के
अहसास के बीच इस चंद्र की गति
आग बिखरेती चलती रहती है।

माँ, क्या कल सुबह का सूरज भी
ऐसा ही उदित होगा?
अभी तो ऐसा ही लग रहा है
अब कल के सूरज के उदित होने का
समय ही कहाँ शेष है!
पल-दो पल में उदित हो जाएगा!
तो यह सूरज भी आज की पार्श्वभूमि में ही
होगा क्या?
माँ! शब्द, भावना—सबकुछ
अभी तो सुन्न बन बैठा हूँ।

03-12-1986

तेरी लिखी हुई कविता

जगज्जननी माँ के श्रीचरणों में प्रणाम!

मानो एक तूफान मुझे बिखेर गया
सुबह का सूरज भी कल के समान ही
भ्रमण करता रहा, भ्रमित करता रहा
स्वस्थता की कामना स्वप्न बनकर रह गई
वैसे भी अपने यहाँ कहते हैं—
दुःख के विघ्न भरे दिन···शायद समय बीतते
कार्य की व्यस्तता के कारण बाह्य स्थिति में
परिवर्तन आता जाएगा।
परंतु अंदर कोलाहल शांत होगा क्या
यह कहना कठिन है।
माँ, मैं तो इस दिशा में प्रयत्न करने के बारे में
भी पामरता अनुभव करता हूँ।

विचारों का प्रवाह मानो
जीवन के मूलभूत प्रश्नों को खड़ा करता है।
वैसे भी माँ, यह जीवन
तेरी लिखी गई एक कविता ही है न?
उसके सुरे-बेसुरे भाव
तेरी ही कृपा का परिणाम होगा
या फिर परमतत्त्व के लिए
लुप्त, गुप्त, सुप्त अश्रद्धा का परिणाम?
कभी लगता है—
जीवन में मेरी अपार श्रद्धा है
कभी लगता है इस श्रद्धा के उपरांत भी
जीवन की अवस्था उसी के रूप-स्वरूप में ही
स्वीकार क्यों नहीं होती?
किसलिए हमारे कल्पित, अपेक्षित
इच्छित रूप-स्वरूप वाले
जीवन को ही स्वीकृति मिलती है?

किसलिए सहज भाव से अनपेक्षित रूप-रंग
विपरीत भाव सबकुछ स्वीकृत नहीं होता है ?
क्या जीवन की अपनी पसंद-नापसंद है,
इसीलिए ऐसा बनता है ?
जीवन के प्रति उदारभाव से देखते समय
ऐसा तो नहीं होता कि अब
काम चला लेने के अलावा कोई उपाय नहीं
जो भी है, प्रभु इच्छित है
क्या ऐसी निरुत्साही वृत्ति में से
यह उदारता तो नहीं जन्म लेती है ?
क्या उदारता का जन्म कभी अपने ही
दोष के ढक्कन के रूप में
सबल हथियार तो नहीं बनता है ?
क्या ऐसी विचारलीला को सिद्धांत का
मुखौटा पहनाने वाले
स्वयं के जीवन को छलते रहने के उपरांत
स्वजनों को भी गहरे आघात नहीं करते हैं ?

या फिर—क्या ऐसा जीवन
उपयोगितावाद के अधिष्ठान पर ही खड़ा है ?
जब जीवन वास्तव में उपयोगितावाद का
साधन बन जाएगा तो यह जगत्
मूल्यों की रक्षा कैसे कर सकेगा ?
जगत् के साथ के अंशभाव को किस प्रकार पा सकेंगे ?
क्या ऐसे जीवन मानव-सृष्टि को
अंधकार-युग की ओर धकेलने में
सहायक तो नहीं बनते हैं ?
स्व के सुख के आसपास उदारभाव का नाटक
मानव को कहाँ तक—
अंतिम सुख की ओर राह बता सकेगा ?
क्या उसका अंशमात्र भी वास्तव में पा सकेगा ?
उदारता का जन्म अगर मानव की अपनी
विकृत सृष्टि का परिणाम होगा
तो इस उदारता की प्रतिष्ठा तो क्या—
अस्तित्व की भी संभावना नहीं रहेगी !

मुझे मेरी श्रेष्ठता सिद्ध नहीं करना है
मुझे तो नीर-क्षीर के विवेक को ही पाना है
मेरी समर्पण-यात्रा के लिए यह सब जरूरी है

यों भी इस विशाल जगत् में
मानव कितने लोगों को कब तक
मूर्ख बना सकेगा?
मानव कितने-कितने वेश सजा सकेगा
क्या यह नाट्यरूप जगत्
इस जीवन का अंतिम साकार रूप बन सकेगा?
न न नहीं बन सकेगा।
माँ, तेरी परमशक्ति के आधार पर कहता हूँ;
उदारता के नाम से राग-रंग में डूबे हुए
जीवनों के मुखौटे उतरेंगे ही।
यह जगत् शायद उसको सहन भी कर लेगा,
परंतु स्वीकृति तो नहीं ही देगा।
आखिर मैं भी तो तेरी ही कृपा के कारण
इस जगत् के साथ एकाकार बन
अंश भाव से ही तो जीता हूँ।
इसीलिए तो मूल्य की रक्षा की चिंता है।
अंतर्मन पुकारकर कहता है—
समाधान को जीवन किसलिए बनाना?
संकल्प ही जीवन हो सकता है।
जो श्रेष्ठ है उसी की स्वीकृति हो,
उसी को समर्पण हो—और तभी तो
यह समर्पण अंतर्मन को सुख दे सकेगा।
मेरे मन 'स्वान्तः सुखाय' की मात्र यही कल्पना है,
माँ, तू मुझे सब प्रभाव-क्षेत्रों से मुक्त कर
तू मुझे एक मुक्त मानव बना
भिन्न-भिन्न और भाँति-भाँति के
मुखौटों में जीते मानव को
अंदर से पहचानने की शक्ति दे!
मुझे किसी को मापना नहीं है
मुझे अपनी श्रेष्ठता सिद्ध नहीं करनी है।
मुझे तो नीर-क्षीर के विवेक को ही पाना है।
मेरी समर्पण-यात्रा के लिए यह सब जरूरी है।
इसीलिए इस शक्ति की उपासना का केंद्र
स्व का सुख नहीं बनाना है।
माँ, तू ही मुझे शक्ति दे—जिससे मैं
किसी के भी साथ अन्याय न कर बैठूँ, परंतु
मुझे अन्याय सहन करने की शक्ति प्रदान कर।
माँ, देख न—एक याचक की तरह
रोज तेरे सामने याचना ही करता रहता हूँ
तू ही दात्री है, तू ही धात्री है, इसका विश्वास है।

04-12-1986

माता की मूर्ति

जगज्जननी माँ के श्रीचरणों में प्रणाम !

भूखे-सूखे खेत हों,
धरा ताप से तपी हो,
ऐसी वेला में बादल घिर आएँ तब
कितने-कितनों के आशा-अरमान के अंकुर फूटते हैं।
आँखों में छोटे-छोटे स्वप्नों की लहरें
हिलोरें लेने लगती हैं।
परंतु अचानक ही पवन के एक झोंके से
ये बादल बरसे बिना ही बिखर जाएँ—तब ?
अरे रे ! कैसे कठिन पल होते हैं ?

पाठशाला से निकले बालक के घर आने का समय
और प्रतीक्षा करती माता की मूर्ति···
कैसी अद्‌भुत विह्वलता आँखों से टपक रही होती है !
पाँव अंदर-बाहर भाग-दौड़ करते हैं
चारों ओर नजर दौड़ाने के सतत प्रयत्नों के बाद
रास्ते की चहल-पहल भी दिखती नहीं है
उसकी आँख तो ढूँढ़ती है अपने बच्चे को,
उसके कान आतुर होते हैं
'माँ', हृदय-बेधने वाले शब्द सुनने को !
कान की तरस तुम्हें मालूम है ?
हाँ, यही पल होता है तरसते हुए कान का।
और यदि कभी एकाध पल का विलंब हो जाए तो ?
शांति भी बेचैनी बन जाती है।
हृदय की धड़कन दीवारें हिला देती हैं
पाँव इधर-उधर चहलकदमी करते रहते हैं
आँखें आशंकाओं से पथरा जाती हैं
विरह-वेदना बन बहने लगती हैं।

हाँ, प्रतीक्षा की यही तीव्रता है।
जीवमात्र की प्रतीक्षा का प्रतिबिंब समान ही होता है
शायद उसकी तीव्रता में अंतर होगा
शायद उसकी अभिव्यक्ति में अंतर होगा।
शायद नवोढ़ा* की तरह उसकी प्रतीक्षा की वेदना
अव्यक्त होगी···

* नव विवाहिता

जिस पल प्रतीक्षा का अंत आता है, इच्छित मिलन होता है, तब
थोड़ा अपने से परे होकर देख सको तो देखना···
वे पुष्प नाचते होंगे···वे पत्ते गाते होंगे···
वे डालियाँ हिलोरे लेती होंगी···वह तना ऊष्मा देता होगा।

परंतु प्रतीक्षा के पल
जीवमात्र ही भावना-जगत् का प्रभावी परिबल है।
यहीं भावनाओं की तीव्रता का थर्मामीटर
उतार-चढ़ाव का अनुभव करता है।
यहीं संवेदना का सरोवर
असीम सागर बन हिलोरें लेता है।
उतार-चढ़ाव का यह तांडव एक साथ उठता है
उसका अंग-अंग, रोम-रोम
आसपास की सृष्टि को स्पर्श कर रहा है।
कभी उसे जला देता है,
कभी उसे विह्वल कर देता है।
पुष्पों से आच्छादित किसी वृक्ष के नीचे बैठ
प्रतीक्षा के तीव्र लगाव का अनुभव किया है?
वृक्ष का प्रत्येक अंग-उपांग
तुम्हारी वेदना में सम्मिलित होता है।
तुम्हारी सहानुभूति में वे झुक-झुककर नीचे हो जाते हैं
तुम्हें संवेदना का अनुभव कराते हैं
तुम्हारी प्रतीक्षा के पल का स्पर्श,
उसे भी विह्वल कर डालता है।

और···जिस पल प्रतीक्षा का अंत होता है,
इच्छित मिलन होता है तब···
थोड़ा अपने से परे हो, देख सको तो देखना
वे पुष्प नाचते होंगे···
वे पत्ते गाते होंगे···
वे डालियाँ हिलोरे लेती होंगी···
वह तना उष्मा देता होगा!
हाँ, उसके लिए तीव्रता चाहिए प्रतीक्षा की
उसके लिए प्रयास निरर्थक है
यह तो सहज भाव है।
एक अनथक यात्रा का प्रकट अंश है
इसीलिए तो विदा से अधिक असह्य
प्रतीक्षा के पल होते हैं।

माँ···भावना, वेदना के भाव-जगत् में
जीना मुझे अच्छा लगता है
मेरे अपनेपन के विस्तार के संघर्ष में
ऐसी भावनाएँ कुंठित तो नहीं हो जाती हैं न?
या फिर भावनाएँ, उनकी तीव्रता का भी
विस्तार होता होगा?
माँ, प्रभु-प्रदत्त प्रेमपुंज यदि
मर्यादित ही होता है तो···
मैं कहाँ-कहाँ बाँट सकूँगा?
कितने-कितने प्रिय स्वजनों को
उससे सराबोर कर सकूँगा?

आशा-अरमानों के अंकुर फूटे,
आँखों में स्वप्नों की लहरें हिलोरें लें पर विश्वास की बरसात बरसे ही नहीं,
तब कठिन पल पैदा होते हैं।

मुझे तो जगत् को भावनाओं से जोड़ना है।
मुझे तो सबकी वेदना की अनुभूति करनी है,
मुझे तो अपनेपन के अस्तित्व की आहुति देनी है।
तभी तो कहता हूँ, मुझे ऐसी तीव्रता
सर्वकाल के लिए क्यों नहीं मिलती?

देख न माँ···प्रतीक्षा के पलों की बात भी
मेरे अंतर्मन को कितना विह्वल कर रही है!
क्या इस मंथन के पल का अंत
सच में माखन रूपी अर्कवाला ही होना जरूरी है?
तो फिर इस निष्काम भाव का सर्जन
कहाँ से हो सकेगा?
मुझे तो सर्जन करना है निष्काम भाव
अपनी भावनाओं के सहृदयी स्पर्श के साथ
मुझे तो सूखे बंजर खेत जैसे प्रत्येक हृदय में
वयं की भावना के अंकुर उगाने हैं
मुझे तो तेज खो बैठी
स्वप्नविहीन आँखों में स्वप्नों की सजावट करनी है।
मुझे तो सुन्न पड़ गए पाँवों में गति भरनी है
शांत समुद्र को भावनाओं की पतवार से हिला देना है।

माँ···मुझे प्रतीक्षा है, स्व के पूर्ण समर्पण की।
माँ···मुझे प्रतीक्षा है, मेरे अपनेपन के अनंत विस्तार की।
माँ···मुझे प्रतीक्षा है···स्वयं बन जाने की।
माँ···मुझे प्रतीक्षा है···भावनाओं के बरसते प्रपात के नीचे
बालक बनकर नहाने की···प्रतिपल भीगते रहने की।

प्रतीक्षा का अंधापन मेरा सृजन है।
प्रतीक्षा की विह्वलता मेरा सौंदर्य है।
प्रतीक्षा की प्रतीक्षा मेरी कामना है।
इसीलिए···तो···माँ···तेरे प्रदत्त हर पल के लिए कोई उपालंभ नहीं है।

माँ··· यह याचना नहीं, मुझे कुछ भी माँगना नहीं है।
मुझे तो इस जगत् को जोड़ने वाली
अप्रतिम प्रेम-सृष्टि को प्राप्त करना है।
मेरे मन की यह प्रेम-सृष्टि 'स्व' के साथ नहीं
'त्वम्' के साथ सर्जन पाती है।
'त्वम्' के साथ ही विलीन होती है;
और इसीलिए प्राप्त करना है यह भाव-जगत्।
प्रतीक्षा की वेदना मुझे स्वीकार है।
प्रतीक्षा की प्यास मुझे इच्छित है।
प्रतीक्षा का दर्द मेरी गति है।
प्रतीक्षा का मौन मेरी साधना है।
प्रतीक्षा का अंधापन मेरा सृजन है।
प्रतीक्षा की विह्वलता मेरा सौंदर्य है।
प्रतीक्षा की प्रतीक्षा मेरी कामना है।
इसीलिए···तो···माँ···तेरे प्रदत्त हर पल के लिए
कोई उपालंभ नहीं है।

हाँ···एक बात रह गई
माँ···तेरे सामने मेरा एक उपालंभ तो है ही।
सतत चलते अंतर्मन के कोलाहल को
तू किसलिए अस्पष्ट रखती है?
माँ···तुझे ऐसा लगता है कि
उसकी सुस्पष्टता मुझे खा जाएगी।
क्या तू ऐसा मानती है कि यह किसी को
तहस-नहस कर देगी?
माँ···क्या तू अपनों को ही नहीं पहचानती?
तूने ही तो मुझे स्वस्थता दी है
तूने ही तो मुझे दृष्टि प्रदान की है
तो फिर आज ऐसी स्थिति के निर्माण का कारण क्या है?

माँ···मुझे शंका-कुशंका
आशा-निराशा
भय-चिंता
सफलता-असफलता,
पाना या खो देना आदि सर्व भावों से मुक्त कर।
माँ···मुक्त कर।
आज भी देखने की मेरी शक्ति अखंड है
तो फिर यहाँ अस्पष्टता क्यों?
अंतर्मन ऐसे धुँधले साम्राज्य का
भोग क्यों बना है?
या फिर मुझे मेरे सबके साथ ऐसे ही जी लेना है?

मेरा यह अंतर्मन
उसका कोलाहल सुननेवाला कोई भी नहीं,
कैसी निराधार अवस्था तूने कर दी है!
माँ···कौन से अपराध की सजा दी है?
इस प्रकार से निस्सहाय क्यों बना रही है?
या फिर यह भी तेरी कसौटी का ही भाग है?

04-12-1986

माया भरी आँखों का मिलन

जगज्जननी माँ के श्रीचरणों में प्रणाम!

जगत् की लंबाई-चौड़ाई कितनी घटती जाती है
मानव निर्मित साधनों ने भौतिक निकटता पैदा कर दी है
हजारों मील दूर की घटनाएँ
आँखों के सामने होती देखी जा सकती हैं
और यह दूरध्वनि आज कितनी प्रिय लगती है!
यह एक छोटा सा यंत्र
कितनी अधिक निकटता और साथ देता है
परंतु इन यंत्रों की मर्यादा नहीं
निकटता साधनों के सहारे साकार बनती होगी
पास होने का आभास उत्पन्न करा सकती होगी,
परंतु सच में साथ होने का सत्य पहचान सकती है क्या?
और साथ रखने का माध्यम भी बन सकती है क्या?
आज मानो पत्र-व्यवहार का जगत् निष्क्रिय होने लगा है।
पत्र में व्यक्त होती मानव की सहज भावनाओं को
अब अभिव्यक्त होने का अवकाश नहीं बचा है।
और सबसे बड़ी बात है—पत्रों द्वारा
इतिहास को सहायता करनेवाले ही
महत्त्व के दस्तावेज प्रमाणित हुए हैं।
जबकि आज बात-बात में दूरध्वनि...
हाँ, फिर भी
जीवन में जीवंतता लाने के लिए दूरध्वनि
एक महत्त्व का साधन तो बना ही है।

विराट् झुंड में भी 'एई' कहकर
आवाज सुनाई दे तब
मानव को उस ओर देखने की सहज इच्छा होती है।
कारण—मानव का 'मैं' सतत जाग्रत् रहता है
उसके कान यह सुनने को व्याकुल होते हैं—
इस विराट् के बीच भी कोई मेरा
कोई निकटस्थ मुझे बुला रहा है।
इसका भी उसको आनंद होता है...
उसकी इससे तृप्ति होती है, परंतु...
यह आवाज अपने लिए नहीं हो तो,
सहज रूप में चेहरे की रेखाएँ बदल जाती हैं
और अपने स्वयं के लिए यह आवाज हो तो
एक आनंदधारा सारे शरीर में दौड़ जाती है।
परंतु क्या दूरध्वनि की आवाज में
अंतर्मन को वास्तव में हिलाने की शक्ति होती है?
मात्र भावहीन संदेशों का आदान-प्रदान
उससे अधिक क्या?
वैसे भी हृदय के भावों को दूसरे तक भेजने में
आवाज, शब्दों या उसके द्वारा रचित विचार
पूर्ण रूप से सबल तो नहीं ही होते हैं।

मूक पशुओं में क्या भावना नहीं होती है?
क्या वहाँ अभिव्यक्ति नहीं होती है?

शायद मानव से भी अधिक तीव्र उसकी अभिव्यक्ति होगी!

मूक पशुओं में क्या भावनाएँ नहीं होती हैं?
क्या वहाँ अभिव्यक्ति नहीं होती?
शायद मानव से भी अधिक
तीव्र उनकी अभिव्यक्ति होगी।
कभी दृष्टि के सहारे तो कभी स्पर्श द्वारा
वे अपनी भावनाएँ कितने
सहज रूप से पहुँचाते हैं!
उसका प्रतिसाद भी कितना तीव्र होता है।
जबकि भाँति-भाँति के आडंबरों के बीच जीते
इस मनुष्य की कैसी दुर्दशा है!
यह कितना अधिक असहाय बनता जा रहा है
उसकी भावनाओं की तीव्रता कितनी कुंठित होती जाती है
कितनी ही बार उसकी अभिव्यक्ति को आधार की जरूरत
होती है।
माँ! जैसे माँ को भी बालक के सुख के लिए
बाह्य साधनों, खिलौनों आदि का आश्रय लेना पड़ता है।
यह असहाय अवस्था नहीं है तो क्या है?
बालक कहाँ कोई दूसरी भाषा जानता है!
और फिर भी स्नेह-सिंचित आँखों का मिलन उसे
कितने अधिक मुक्त हास्य से भर देता है।
चक्षु कितना प्रबल माध्यम हैं।
व्यक्ति हृदय की सभी बातें
एक भी शब्द का प्रयोग किए बिना
आँख के इशारे मात्र से अपने हृदय के भावों को
दूसरे के हृदय में पूर्ण रूप से उतारने में समर्थ है।

क्या बाह्य साधनों द्वारा जीता यह जगत्
प्रकृति की इस संपत्ति को खो तो नहीं देगा?
आँखों की अभिव्यक्ति कितनी अधिक समर्थ होती है?
हृदय रोता है तब आँख छलकती नहीं।
परंतु अनजान व्यक्ति भी देखते ही
स्थिति को समझ जाता है।
यह क्या है?
प्रतीक्षा की क्या सच में कोई भाषा है?
परंतु आँखों में देखते ही समझ आ जाती है
कि प्रतीक्षा के पल बीत रहे हैं
शारीरिक वेदना को कराहते शब्दों से अधिक
व्यथित आँखें कितनी अच्छी प्रकार से प्रगट करती हैं!
उपालंभ करने के लिए शब्दों से अधिक
आँखें कितनी सहजता से यह काम पूरा करती हैं।
आँखों की अभिव्यक्ति को समझने के लिए
कौन सी पाठ्य-पुस्तक में वर्णन है?
फिर भी जगत् का प्रत्येक मानव यह भाषा समझ सकता है।
प्रत्येक देश में इसका चलन एक जैसा ही है
वहाँ ज्ञान या भाषा, रीति या रिवाज कोई भी तो आड़े नहीं आता
बिना शिक्षा पाए मानवजाति की यह बहुमूल्य अभिव्यक्ति
दूर-सुदूर कैसे पहुँची होगी
इसका आश्चर्य ही तो है!

भावनाओं की तीव्रता कुंठित हो, तब
अभिव्यक्ति को आधार की जरूरत होती है

जब भावनाओं की अभिव्यक्ति का ऐसा सबल माध्यम
शरीर में रखकर हम जीते हैं
फिर भी बाह्य साधनों के सहारे जीना पड़े तब
कितना अधिक खटकता है!
उसमें भी फिर भावनाओं के प्रपात को समाने की शक्ति
ऐसे साधनों में नहीं होती है,
तब तो और अधिक खटकता है।

एक ओर तो मैं भावना और
उसकी अभिव्यक्ति के व्यसन में फँसा हूँ
जबकि मेरे चारों ओर उत्साह और
उमंग के नाद गूँज रहे हैं
जगह-जगह से स्वयंसेवक शिविर में आ रहे हैं।
माँ···व्यवस्था के लिए पूरी शक्ति से प्रयास किया है।
उन सबके स्वागत के लिए छोटे-बड़े सैकड़ों
स्वयंसेवकों ने अपने पसीने की चादर बिछाई है
कितनी अधिक उमंग थी—
काम करनेवाले सबके व्यवहार में!
हाँ, आनेवाले स्वयंसेवक भी उतने ही
उमंग-उत्साह से भरे आए हैं।

मातृभूमि के कल्याण के लिए
स्वयं को अधिक तेजस्वी बनाने के लिए
आत्मविश्वास में वृद्धि करने के लिए
हृदय में प्रेरणा का पीयूष भरने के लिए
वे थिरक रहे हैं
उनकी आँखों में से समाज-शक्ति, राष्ट्र-भक्ति,
संघ-भक्ति की भावना की धार झर रही है।
मेरे अंतर्मन को यह सब कितनी सहजता से स्पर्श कर जाता है।

माँ···कभी तेरा उपकार मानने का मन हो जाता है
तूने यदि मुझे ऐसा भावपूर्ण हृदय न दिया होता तो
क्या मैं जीवन को भोग पाता?
यह सब मेरा अपना लगता है
उसका कारण भी तेरी यह कृपा ही है?
माँ···देख न, मैं इस कड़कड़ाती ठंड में
इस जंगल में तंबू के नीचे बैठा-बैठा
यह शब्दांकन करता रहता हूँ
कोई विषय नहीं, बात नहीं
परेशानी के अलावा क्या?

06-12-1986

असीम आत्मविश्वास

जगज्जननी माँ के श्रीचरणों में प्रणाम!

माँ, तेरी कैसी अजब कृपा है
देख न, चार दिन हो गए
भोजन और नींद दोनों ही उपलब्ध नहीं
किसी परिस्थिति के कारण
तो कुछ किसी निर्णय के कारण
फिर भी थकावट जैसा कुछ लगता नहीं है।
अरे, कल की रात तो
निपट नींद के बिना ही बिताई
फिर भी प्रसन्नता का अनुभव करता हूँ
सच में, यह सब तेरी कृपा के बिना संभव है क्या?

कल रात भर स्वयंसेवकों के समूह आते रहे
आज सूर्योदय की साक्षी में
शिविर का शुभारंभ हुआ
उत्साह भरा अद्‌भुत वातावरण,
छावनी का सा दृश्य, बहुत से लोगों के लिए नया था।
उसकी एक प्रशंसा भी थी
माँ, कभी ऐसा लगता है कि
शब्द सच न हो जाएँ तो अच्छा!
तू इतनी तो कृपा कर!
देख न, इस बार भी ऐसा ही हुआ
स्वयंसेवकों के आने के बारे में
मेरा अंदाज दूसरों से एकदम भिन्न ही था।
हाँ, व्यवस्था तो बहुत की
परंतु जो शब्द बोले थे, वे सच हो गए
स्वयंसेवकों की संख्या कुल मिलाकर
मात्र नौ सौ ही पहुँची,
खैर, तेरी कृपा के कारण छठी इंद्रिय
बराबर काम करती है, उसका आनंद है
अपेक्षित परिणाम नहीं आता है
उसका दु:ख अधिक है।

यहाँ प्रेम नाम के तत्त्व का साकार रूप
जीवंत बन सबको स्पर्श कर रहा है
'अहम्' में से 'वयम्' की ओर गति का यह परिणाम है।

यहाँ तो यौवन हिलोरें ले रहा है
सर्दियों की कड़कड़ाती ऐसी ठंड में
वे सब यहाँ कष्ट उठाने एकत्र हुए हैं।
और इसका भी आनंद है, इसका उन्हें पता है,
यहाँ सब प्रकार की असुविधाएँ हैं
फिर भी चेहरे पर आनंद है
हृदय में विराजमान
अपार श्रद्धा का ही यह परिणाम है न?
और तभी तो यह संभव होता है।
कितना अधिक आत्मविश्वास और श्रद्धा
इन हृदयों में भरी हुई है।
मातृभूमि के कल्याण के लिए
उनकी कटिबद्धता कितनी जुझारू है!

चारों ओर निराशा और अंधकार व्याप्त है
तब तरुण, बाल, प्रौढ़ सब कोई
विजय का विश्वास लेकर बैठे हैं
स्वयं के द्वारा पसंद किए गए मार्ग में
पसंद किए गए विचार में, और
प्राप्त नेतृत्व में उन्हें कितनी ज्यादा श्रद्धा है?
और उनका निर्व्याज प्रेम
क्या सच में ही अद्‌भुत नहीं?
क्या यहाँ कोई प्रेम का पाठ पढ़ाता है?
क्या यहाँ की निकटता से किन्हीं व्यक्तिगत
एषणाओं की पूर्ति होनी है?
क्या यहाँ कोई लेन-देन की भाषा है सच में?
न—यहाँ प्रेम नाम के तत्त्व का
साकार रूप जीवंत बन सबको स्पर्श कर रहा है।

'अहम् में से वयम्' की ओर की गति का यह परिणाम है
'स्व' नहीं 'सर्वस्व' में ही डुबकी लगाने की
सहज प्रवृत्ति का ही यह परिणाम है।
'स्व' मात्र उसकी मन-साधना का साधन है और
उतना ही बस 'स्व' को
तैयार रखने का उसका निरंतर प्रयास है।

'स्व' के लिए सर्वस्व के विचार से
वह परे है और इसी कारण ही तो
उसका सर्व समावेशक व्यक्तित्व बनता है।
उसी से ही वह इस निरंतर चलते
प्रेम-प्रवाह का सुवाहक बन अनेकमय बन सका है।
विद आउट रिजर्वेशन जहाँ समर्पण यात्रा है
वहीं तो अनंत का आनंद है
इस आनंद-निधि के सब अंशपुंजों का ही यह मिलन है।

उज्ज्वल भविष्य का प्रकाश-पुंज यहाँ दिखाई देता है।
यहाँ 'तप', 'तपस्या' जैसे शब्दों का उपयोग नहीं
यहाँ किसी देवात्मा का अधिष्ठान खड़ा नहीं किया गया है।

यहाँ रचा गया है—आत्मविश्वास का अगाध सागर
सर्वस्व न्योछावर करने की प्रबल इच्छा
मातृभूमि के कल्याण के स्वप्नों का समुद्र,
वामन में से विराट् बनने की अप्रतिम आकांक्षा,
अनुशासन और संगठन का सुभग संगम
समर्पण यात्रा का झरना फूटता है···
उज्ज्वल भविष्य का प्रकाश-पुंज दिखाई देता है।
यहाँ तप-तपस्या जैसे शब्दों का उपयोग नहीं है
यहाँ किसी देवात्मा का अधिष्ठान खड़ा नहीं किया गया है।
यहाँ तो उसके हृदय में विवेकानंद के कथनानुसार
दरिद्रनारायणों की कामना ही झंकृत की गई है
यह सत् शक्ति का मिलन है

हाँ, इसमें से ही तेजोमय जीवन गढ़ा जाएगा
इसमें से ही तेज पुंज उभरेगा
इसमें से ही अध्यात्म की आकांक्षा संतोष पाएगी
यही कर्मधारा सबको नव पल्लवित करेगी
नई आशाओं के अंकुर फूटेंगे,
खुली आँखों देखे जा सकें, वैसे राष्ट्र कल्याण के फल पकेंगे।
यही जीवन है, इसके लिए ही
यहाँ सर्व के नेत्रों में एक समाधान है
तृप्ति है, हृदय में एक आग है।
देखना है, यह आग कितने हृदयों को
प्रज्वलित करने में यशस्वी होती है।

07-12-1986

हृदय-मंदिर में

जगज्जननी माँ के श्रीचरणों में प्रणाम!

आज शिविर का दूसरा दिन
एक के बाद एक कार्यक्रमों की भरमार
व्यवस्थापकों की सतत भाग-दौड़ चलती ही रहती है
वातावरण में आज एक विशेष प्रकार की उमंग दिखाई देती है
प्रात: से सबकी आँखों में प्रतीक्षा है।
अपने श्रद्धेय व्यक्ति के साथ
दो दिवस बिताने का आनंद मिलनेवाला है।
आज परम पूज्य सरसंघचालकजी पधारने वाले हैं।
स्वागत की औपचारिक कोई विधि नहीं
छोटे-बड़े सभी स्वयंसेवकों की तरह वे भी आए
हाँ, परंतु स्वयंसेवकों के हृदय-मंदिर में
स्वागत की उत्कृष्ट तैयारी है।
उनकी हर हलचल पर
स्वयंसेवकों की दृष्टि लगी हुई है।
उनके प्रत्येक शब्द के साथ जीवन को जोड़ने की उत्कंठा है
और यह भाव यहाँ उपस्थित
सबके हृदय में विराजमान है।
अपने लिए तो मैं आज एक विशेष
अनुभव का दिन कह सकता हूँ।
नया दायित्व मिलने के बाद
आज पहली बार पू. बालासाहब से मिल रहा हूँ
शिविर में आते ही प्रथम प्रश्न पूछा—
''क्यों भाई! तुम्हारी नई गृहस्थी कैसी चल रही है?''
मेरे लिए तो यह आश्चर्य था।
इतने सब कामों के बीच भी याद रखकर
वे मुझे पूछते हैं—यह सब क्या दरशाता है?

हाँ, तब फिर गपशप आरंभ हुई
और कितने-कितने प्रश्न पूछे गए
पुलिस की रिपोर्ट क्या है ?
अखबारवाले क्या कहते हैं ?
सार्वजनिक प्रवचन किया या नहीं,
क्यों नहीं किया, आदि-आदि
इन सब प्रश्नों के मूल में मैं ऐसा समझता हूँ
कि मुझसे उन्हें कितनी अधिक अपेक्षा है !

माँ, क्या मैं इन अपेक्षाओं को पूरा कर सकूँगा ?
क्या वास्तव में जिस आशा, आकांक्षा और विश्वास के साथ
मुझे यह काम सौंपा गया है।
सच में मैं उसे पूरा कर सकूँगा ?
कठोर परिश्रम करके
अपने आपको इसके लिए मैं तैयार कर सकूँगा ?
एक ओर मेरे प्रति असीम विश्वास है,
अनेक अपेक्षाएँ हैं
आज गुजरात की ओर दृष्टि लगी है,
देश के लोग भी इस प्रयोग को देखने हेतु थिरक रहे हैं।
तब मैं सबकी आकांक्षा की पूर्ति के लिए
सच में निमित्त बन सकूँगा ?

माँ, तेरे आशीर्वाद के बिना तो एक डग भी
भरा जा सके, यह संभव नहीं है।
कभी-कभी मैं भी तत्कालीन
लाभ-हानि का चिंतन करता हूँ
और कभी व्यवहार भी करता हूँ इसका क्या?
क्या सच में जीवन की ऊँचाई को प्राप्त करने का
यह प्रामाणिक प्रयास है?
प्रत्येक रीति से व्यक्तित्व के विकास की
मेरी कोशिश रहती है।
सार्वजनिक दृष्टि से प्रश्नों को समझने का यह
सच में मेरा प्रयास है क्या?
और यदि नहीं, तो उसका दुष्प्रभाव भविष्य पर नहीं पड़ेगा?
माँ! अंतर्मन में से एक तूफान उठना चाहिए
वह अभी तक उठा नहीं है।

माँ···इस कसौटी से भी मैं चिंतित नहीं हूँ
तेरे पास से आशीष की कामना इसलिए है कि मुझसे बहुत अधिक अपेक्षाएँ हैं।
इन अपेक्षाओं की पूर्ति करने के लिए मैं जरा भी कमजोर न पड़ूँ
वैसी शक्ति और भक्ति की मेरी इच्छा है।

मेरे नए उत्तरदायित्व के विषय में
बाह्य वातावरण में तूफान
लगभग थम गया है।
सबका आश्चर्य, प्रश्न आदि अब पूर्णता की ओर है
अब अपेक्षाओं का प्रारंभ होगा।
अपेक्षाओं की व्यापकता और तीव्रता खूब होगी
तब मेरे नवजीवन की रचना ही अभी तो शेष है।
माँ, अप्रतिम कष्ट उठाने का संकल्प है।
पंद्रह वर्ष की संगठन-साधना को
यहाँ प्रकट करने को खुला मैदान मिला है।
दूसरे शब्दों में कहूँ तो मेरे मन की
संस्कार-धरोहर का यह कसौटी-काल है।

माँ, तेरे आशीर्वाद से कसौटी पर खरा उतरूँगा ही।
जिस जीवन को लोग अभी तक
बाइनोक्यूलर से देख आनंद लेते थे।
उस जीवन को अब सूक्ष्मदर्शक यंत्र से देखने वाले हैं।
बाइनोक्यूलर से बाह्य सौंदर्य को
देखने की ही बात होती है
उसी में एक तृप्ति होती है।
सूक्ष्मदर्शक यंत्र से जब
यह जीवन देखा जाएगा—तब तो
सच में यह पार उतरेगा क्या?
न जाने कितने ही अनुपयोगी कोषों के बमीठे*
पसंद-नापसंद की तीव्रताएँ
सबकुछ व्यापक रूप से दिखाई दे जाएँगी!

माँ, इस कसौटी पर कसने से भी मैं चिंतित नहीं हूँ।
तेरे पास से आशीष की कामना इसीलिए है कि
मुझसे बहुत ही ज्यादा अपेक्षाएँ हैं।
इन अपेक्षाओं को पूर्ण करने के लिए
मैं जरा भी कमजोर न पड़ूँ।
ऐसी शक्ति और भक्ति की मुझे चाह है।
आज दिन भर मैं व्यस्त रहा।
पू. बालासाहब का मार्गदर्शन प्रेरक रहा।
अनेक नए स्वयंसेवकों को पहली ही बार
उनके दर्शनों का लाभ मिला है।
आज विशेष कोई व्यक्तिगत प्रवृत्ति नहीं,
पत्र भी नहीं, प्रत्युत्तर भी नहीं
सतत व्यस्तता।

08-12-1986

* बाँबी, पोची मिट्टी का ढेर

नव-जीवन की प्रेरणा

जगज्जननी माँ के श्रीचरणों में प्रणाम!

आज शिविर का अंतिम दिन
कल तक जिसके निर्माण के लिए
भाग-दौड़ थी, आग्रह था
वैसी सब व्यवस्था के
विसर्जन की आज तैयारी हो रही है
अल्पजीवी ये व्यवस्थाएँ भी
मानव जीवन की प्रतीक ही तो हैं
इस संसार में भी ऐसा ही है न।
कौन नहीं जानता संसार असार है,
परंतु मानव-मन उससे मुक्त
क्यों नहीं हो सकता है?
सबकुछ निरर्थक है।
यह शोक, यह दुःख, यह आनंद
यह तृप्ति, यह वृत्ति, यह कामना
यह एषणा—सबकुछ तो अल्पजीवी है
शायद तृप्ति का तात्कालिक आनंद होगा
शायद मानसिक समाधान होगा
शायद दूसरे को पराभूत करने का संतोष होगा।
परंतु यह संतोष भी तो अल्पजीवी ही होता है
वैसे भी जगत् में प्राप्त करने का आनंद सविशेष
अल्पजीवी है।
फिर भी माँ···मुझ समेत सभी को
प्राप्त करने की कामना रहती ही है।
ऐसा क्यों? वास्तव में तो मानव के हृदय में
जहाँ संस्कृति का अधिष्ठान अपेक्षित है
वहाँ ऐसी अल्पजीवी वृत्तियों का चक्रवात
किसलिए जन्म धारण करता है?

यह चक्रवात ही है जो मानव को उसके
मूलगामी जीवन में से उठाकर
दूर-दूर फेंक दिया करता है।
माँ, एक मानव की तरह मैं भी तो
इन्हीं मर्यादाओं का भोग बन जाऊँ, यह स्वाभाविक है।
चिरंजीवी इच्छाओं चिरंजीवी तृप्ति
चिरंजीवी कामनाओं के जागरण का
क्या कोई मार्ग ही नहीं है?
शायद चिरंजीवी इच्छाएँ ही मानव को
चिरंजीवी तृप्त-जीवन के मार्ग की ओर निर्देशित कर सकें
इस मार्ग की खोज—यही तो है।
मानव जीवन का सबसे बड़ा संघर्ष है।
आज का दिवस एक विशेष संदर्भवाला भी बनेगा।
आज से नए क्षेत्र के प्रत्यक्ष कार्य की दिशा में जाने का
वातावरण निर्मित होगा।
दुर्भाग्य से उसका प्रारंभ भी चुनाव से ही हो रहा है।
अंतर्मुखी जीवन की सुप्त इच्छाएँ भी
अब धुल जाने वाली हैं।

अंतर्मुखी जीवन का आनंद मैंने मनाया है।
उसमें एक तृप्ति का संतोष होता है
बहिर्मुखी जीवन शायद प्रभावशाली होगा।
परंतु प्रेरक नहीं होगा।
बहिर्मुखी जीवन व्यक्तित्व की आभा पर केंद्रित होना होगा,
जबकि अंतर्मुखी जीवन व्यक्ति के अंत:भाव का ही प्रकटीकरण होगा।
अंतर्मुखी जीवन में कोई कोलाहल नहीं होता
वहाँ तो एक नीरव शांति होती है।

एक शांत झरना उसमें निरंतर बहा करता है
महानद के समान शायद समग्र भूमि को
'सुजलां-सुफलाम्' करने का सामर्थ्य
इस झरने में न हो, परंतु यह शांत झरना
वीरान भूमि को अवश्य जीवंत बना देता है।
उसके पास अतुलनीय आनंद होता है।
झरना एक सातत्यपूर्ण सरस संवाद का सर्जन करता है
जिसमें संगीत की मधुरता गूँजती है और
तभी तो मानव को झरने की अभीप्सा होती है।

कितना अल्प प्रवाह होता है।
नाद नहीं, निनाद नहीं, सरोवर जैसी विशालता नहीं
सागर जैसा तूफान नहीं, नदी जैसी गति नहीं
फिर भी झरना कितना आत्मसंतोषी है।
उसकी यह छोटी सी शक्ति भी कितनों को
अपने में अंकित कर लेती है।
हाँ, यह सब अंतर्मुखी वृत्ति का ही आभारी है।
इसी कारण उसका प्रभाव-क्षेत्र
प्रभाव की तीव्रता सबकुछ नत होने के बाद भी
उसकी प्रेरणा-शक्ति कितनी तीव्र होती है
किसी भी कामना के बिना अखंडधारा का ही यह परिणाम है।

मेरे अंतर्मन की अखंड धारा तेरे साथ
अटूट नाते से जुड़ी हुई है
उसमें कोई मुकाम, कोई भी विराम असंभव है।

उसकी इस जीवंतता की सुगंध
चारों ओर नवजीवन की प्रेरणा देती है।
माँ, यही सब सच है—पर
मैं उससे विपरीत दिशा में डग भर रहा हूँ
शांत-स्वस्थ चित्त से मुक्त होकर
कोलाहल की शरण में जा रहा हूँ, पर
मन में दुविधा नहीं है।

माँ, मैं जानता हूँ, इस शरीर को अब
एक नए रंगमंच पर ले जाना है
नए रंगमंच के अनुरूप इसकी साज-सज्जा करनी है,
मन, बुद्धि, हृदय—शरीर के
इन सब अंगों को
अब इस नए रंगमंच के अनुरूप ढालना है।

माँ, तेरे आशीष से यह भी होगा ही
वहाँ भी जीवंतता की अनुभूति करवानी ही है।
परंतु इस मन, बुद्धि, हृदय—शरीर के सब अंगों को
जोड़नेवाले एक आत्मतत्त्व का मैंने वरण किया है।
इस आत्मतत्त्व के सहारे ही अब तो
तेरे साथ का संधान रहेगा।

दुनिया की नजर में मैं किस रूप में प्रगट होऊँगा
उसका मेरे लिए महत्त्व नहीं
मेरे अंतर्मन की अखंड धारा तेरे साथ
अटूट नाते से जुड़ी हुई है
उसमें कोई मुकाम, कोई भी विराम असंभव है।
शायद मेरी यह श्रद्धा ही मुझे
अंतर्बाह्य परिस्थिति में सुरक्षित रखेगी।

08-12-1986

नव सर्जन का आधार

जगज्जननी माँ के श्रीचरणों में प्रणाम!

पक्षियों के घोंसले बिखर जाते हैं वैसे ही
यहाँ तो सभी बिखरा पड़ा है।
जो भूमि कल तक तपोभूमि बनी हुई थी
सैकड़ों हृदय एक होकर साधना करते थे
कैसे पवित्र वातावरण का निर्माण हुआ था
आज मानो सबकुछ बह गया है, ऐसा लगता है।
माँ, मेरे पास ऐसा पात्र होता
तो मैं अंजली भर-भरकर इस आनंद को एकत्र कर लेता
उसे सँभाल लेता! कैसी मस्ती थी यहाँ!

खैर, जीवन महत्त्व का यह भी एक भाग है
कभी उत्कृष्ट आनंद, तो कभी अति विषाद।
अब तो मुझे इस सबकी आदत ही बना लेनी है।
कितने विपरीत पलों के बीच से
आजकल मैं गुजर रहा हूँ।
कैसी-कैसी अनुभूतियों के साथ
जीवन को जीना पड़ता है।
कभी उमंग, कभी शोक, कभी प्रतीक्षा,
कभी विदाई, कभी संवाद, कभी विवाद,
कभी आशा, कभी निराशा
न जाने कैसी तीव्र भावनाएँ
और वे भी दो छोरों की!

शायद व्यक्तित्व की यह तितर-बितर
अवस्था ही नवसृजन का आधार तो नहीं है?
ऐसा कैसे मान सकते हैं?
शायद अंतर्मन का संघर्ष ही
जीवन की दिशा निर्धारित करनेवाला समयबल होता है
और समयबल की यह नींव ही
इमारत की ऊँचाई को टिकाएगी।

माँ, आज बैठक थी
मैं कुछ विशेष बोला नहीं
सबके मध्य में भी मैं अकेला ही था।
मात्र अकाल की चर्चा में सहभागी बना हूँ।
खैर, मेरे अनुसार चर्चा बड़ी सटीक थी
ऐसा कुछ लगा नहीं।
मेरी प्रस्तुति में वेदना, करुणा,
परिस्थिति का सामना करने की
तीव्र आकांक्षा, उत्कंठा आदि भावों का
प्रगटीकरण भी नहीं था।
हृदय-मंदिर में तो मेरे इन दुःखी बंधुओं के लिए
असह्य वेदना, फिर भी ऐसा कैसे होता है?
क्या सच में मनुष्य अपने बारे में विचार करता है
उसी पल उसका बाह्य जीवन संकुचित होने लगता होगा?
माँ, तेरी कृपा से मैं सर्वजन के प्रति अपने
समभाव को किसी भी प्रकार से खोना नहीं चाहता हूँ।

10-12-1986

पल बिंदु की धारा

जगज्जननी माँ के श्रीचरणों में प्रणाम!

कभी-कभी समय चुपके से चला जाता है
कभी-कभी समय कलेजे पर पत्थर बनकर जम जाता है।
मानो समय एक बोझ लगता है
मुझे कहाँ पता था कि समय में भी एक शूल होता है
वह चुभता ही रहता है···चुभता ही रहता है
कलेजा चीर डालता है समय का यह शूल
परंतु यह समय कभी सुगंध की एकाध लहर की तरह
एकदम तरल बन कैसे बह जाता है।

न सुगंध न स्पर्श
किसी भी पुकार का, कोई अवशेष बचने नहीं देता है
वैसे भी समय निराकार ही है न?
फिर चाहे मानव ने इसे अपनी घड़ी के काँटों में
साकार करने का प्रयत्न किया हो,
भले ही मानव ने इस कालचक्र को
छोटे-छोटे अनेक यंत्रचक्रों के खाँचे में
संग्रह करने का प्रयत्न किया है
परंतु समय की नीरवता
समय की चुप्पी, समय की गति
कहीं तो कोई छाप छोड़ जाती है
शायद उसका रूप-स्वरूप भिन्न हो।
परंतु किसी के लिए यह पल चिरंजीवी हो जाता है।

व्यक्ति के हृदय की ऐसी अवस्था कभी-कभी होती है
जब समय के बरसते पानी में से अलग हो टपककर
एक जलबिंदु सीप के समान हृदय में स्थान ग्रहण कर ले और
मोती रूप में चिरंजीव बन जाए।

ऐसे पल की गति नहीं होती,
कालचक्र के कितने-कितने तूफान
इस पल को स्पर्श तक नहीं कर सकते।
समय की यह वेला
सदियों तक स्मारक बनकर सुरक्षित रहती है।
कभी साकार रूप में तो कभी निराकार रूप में।
हाँ, परंतु ऐसे पल कितने...
जो व्यक्ति के जीवन में, समाज के जीवन में या
राष्ट्र के जीवन में चिरंजीव बनते होंगे।
शायद व्यक्ति के जीवन में
चिरंजीव बने पल में व्यापकता हो,
परंतु तीव्रता तो अवश्य होगी।
व्यक्ति के हृदय की ऐसी अवस्था कभी-कभी होती है
जब समय के बरसते पानी में से अलग हो टपककर
एक जलबिंदु सीप के समान
हृदय में स्थान ग्रहण कर ले और
मोती रूप में चिरंजीव बन जाए।
इसके लिए तो मानव हृदय के
सब भावों का उत्कृष्ट संयोजन चाहिए।
मानव हृदय के अंतर्मन में से पुकार उठनी चाहिए
एक तीव्रतम प्यास सबकुछ जला देती है।
तन-बदन से आग झरती हो;
भूत, वर्तमान और भविष्य सबकुछ
जहाँ एकाकार होकर उलझ गया हो;
जहाँ आँख की दृष्टि
अलोप होकर हृदय-मंदिर में टँगी हो।
जहाँ कान की श्रवण-शक्ति स्वयं ही परावर्तित होती हो,
जहाँ इंद्रियों की संपूर्ण क्रियाएँ केंद्रित हो गई हों,
ऐसे समय में ही समय को
चिरंजीव बनाया जा सकता है
समय को रुकना पड़ता है,
समय को साकार होना पड़ता है।
समय को वेदना की, तो कभी उमंग की
ऊष्मा अपने में सम्मिलित करनी पड़ती है
माँ, मैं भी समय को प्राप्त करने के लिए मथ रहा हूँ
जीवन के पलों को पकड़ने के लिए मथता हूँ
तेरे द्वारा ही ऐसी एक जलबिंदु की धारा बह जाए
उसकी कामना करता समय के साथ बह रहा हूँ
कहीं रुकने की लालसा के साथ।

21-12-1986

सर्जन और शून्याकाश

जगज्जननी माँ के श्रीचरणों में प्रणाम!

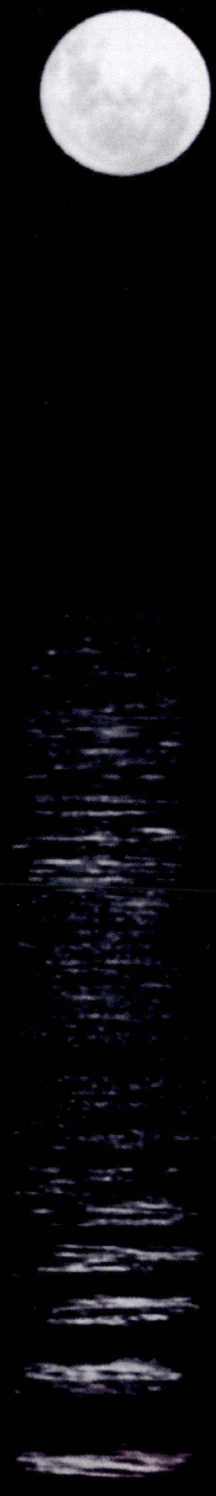

कविता सृष्टि की वृष्टि
सारे गुजरात के समान अकाल में डूबी है।
हाँ, कभी-कभी उत्पादन हो जाता है,
परंतु सर्जन तो है ही नहीं।

उत्पादन का तो ऐसा है कि
उसमें जरूरी कच्चा माल भरो…
और ठूँस-ठूँसकर भरो…
फिर यंत्र का बटन दबाओ…
पेन-पेंसिल जैसे यंत्र को जोड़ो।
बस फिर क्या?
अक्षरों के समूह कभी शब्द बन
कभी शब्द समूह के रूप में
क्षमता के अनुसार लंबाई के साथ
उत्पादित होते रहते हैं।
भरा हुआ कच्चा माल समाप्त हो जाए तो
उत्पादन बंद।
उत्पादन तो ऐसा है कि उत्पादित होता रहे।
हाँ, लोग उसे सृजन कहकर
स्वीकार कर लेते हैं, यह बात अलग है
कारण—
वैसे ही पाउडर के दूध से
बालकों को पालने की आदत से
हमें सृजन की समझ है क्या?

जैसे सागर की लहरों का खारापन जीभ या आँख को छू जाए तो
चीख निकल जाती है, परंतु नजर या हृदय को स्पर्श करे तो?
भावसागर अंदर ही समा जाता है…
शब्दों की नाव पतवार के बिना ही हिलोरें लेने लगती है।

जगज्जननी माँ के श्रीचरणों में प्रणाम!

Creation के लिए तो···
शून्यावकाश चाहिए—
आँख का सारा आकाश
बिना रूप-रंग का आकाश
अपने अंदर समा गया हो।
खुली आँख···
परंतु बाहर नहीं, अंदर नजर हो
शब्द की खोज नहीं,
अक्षरों का कोई मेला नहीं—
हृदय आनंदित हो या
हृदय रोता हो···
Contrast की तीव्रता स्पर्श करती हो
जैसे सागर की लहरों का खारापन
जीभ या आँख को छू जाए तो
चीख निकल जाती है, परंतु
नजर या हृदय को स्पर्श करे तो?
भावसागर अंदर ही समा जाता है···
शब्दों की नाव,
पतवार के बिना हिलोरें लेने लगती है।
यह Contrast कभी
Creation का पालना बन पाता है।

22-12-1986

एषः पन्थाः

जगज्जननी माँ के श्रीचरणों में प्रणाम!

सुबह-शाम कितने-कितने लोगों को
देखने का, जानने का,
मिलने का मौका मिलता रहता है।

परंतु मानव-मन को पाने की पिपासा है।
ऐसे कितने? ऐसी उत्कंठा-इच्छा
कितने हृदयों में वास करती होगी?
समझ नहीं आता है—मानव क्या खोज रहा है?
ऐसा तो नहीं है कि
मानव अपने स्वयं का प्रतिबिंब खोजने में ही उलझ गया है?
तो कभी अपनी आवश्यकताओं को पूर्ण करने हेतु
उसे साधनों की जरूरत होती है
वैसे अन्य मानव भी साधन रूप में आवश्यक हैं?

चारों ओर नजर घुमाते ही
मानो हृदय का चीत्कार
ऐसे ही संकेत किया करता है।
मानव को आवश्यकता है, इसलिए खोजता है,
प्राप्त करने का प्रयास करता है।
प्राप्ति का संतोष और अधिक प्राप्त करने के लिए
आग लगाया करता है और
यह चक्र चलता ही रहता है।
और इन सभी क्रिया-प्रक्रियाओं को
कितना कोमल नाम दिया गया है—
संबंध!! कभी व्यक्तिगत!
तो कभी मेरा अपना आदमी!!
तो कभी मित्र!!! तो कभी प्रेमी!!!

कुछ प्राप्त करने की अपेक्षा, बिना, सहज, सरल निरपेक्ष भाव से, पवित्रतापूर्वक, निर्मल रूप से क्या मानव मानव को प्राप्त नहीं कर सकता?

न जाने कितने शब्दों की श्रृंखला खड़ी कर
मानव मानव को निचोड़ता जा रहा है…
और वह भी मात्र…और मात्र
अपनी इच्छा-पूर्ति के लिए
इससे अधिक कुछ नहीं।
सबको प्राप्त करने की कोशिश है
इसलिए समर्पण का आवरण
ओढ़कर प्राप्त करने का प्रयास होता है।

माँ…क्या मानव का मन
इस हद तक विकृत होते जाना है
किसी भी अपेक्षा के बिना
सहज, सरल, निरपेक्ष भाव से
पवित्रापूर्वक निर्मल रूप से
क्या मानव मानव को नहीं पा सकता है?
क्या ऐसे प्रयत्न का मार्ग कठिन है?
वैसे भी जीवन की तृप्ति—यही तो जीवन-धर्म है।
यदि यह तृप्ति मानव-मन को मानव-स्वरूप में
स्वीकार नहीं हो तो
यह मार्ग कहाँ जाकर रुकेगा?
आज तो मानव अपने स्वार्थ से ऊपर उठकर
स्वयं द्वारा रचित मायावी जाल से मुक्त होकर
जीने के लिए कहाँ तैयार है!
क्या जीवन उपयोगितावाद से परे होकर
जीवन जीने का कोई संतोष है ही नहीं?
यदि ऐसा ही है तो मानव में, अपने उत्तरार्ध में
किसलिए धर्म की ऐसी जिजीविषा जागती है?

ऐसा तो नहीं है कि जीवन भर अपनेपन को अखंड रखने
अपनी कल्पित सृष्टि को साकार करने
स्वयं के इच्छित स्वप्नों को साकार करने
बड़े-बड़े शब्दों के मायाजाल रचकर
जो कुछ भी प्रयास किए होंगे इन सबके मूल में
'मैं' को बनाए रखने के लिए
भिन्न-भिन्न और भाँति-भाँति के दिखावे किए होंगे।
देने के नाम पर भी भोगने के सिवाय
कुछ भी नहीं किया हो
इसीलिए तो जीवन के अंत समय में
धर्म के सहारे बचने के उपाय खोजने होंगे
जैसे शायद मानव भी एक साधन है।
वैसे ही धर्म भी एक साधन ही होगा क्या?

माँ…मैं मानव को उसके पूर्ण रूप में
पाने का अथक प्रयत्न करता हूँ।
किसी भी अपेक्षा के बिना
मानव को मानव की तरह प्राप्त करने की शक्ति दे।
जहाँ लेन-देन कुछ भी न हो
जहाँ कोमल शब्दों का भ्रमजाल न हो।
माँ…मुझे कुछ सिद्ध नहीं करना है।
मुझे तो स्वयं की आहुति देनी है।
जीवन की ऊँचाई प्राप्त करने के प्रयास में
यही मेरा एकमात्र मार्ग है।
मानव की मैं साधन के रूप में कल्पना कर ही नहीं सकता।

23-12-1986

चीरते हृदय की वेदना

जगज्जननी माँ के श्रीचरणों में प्रणाम!

आज सुबह से ही कुछ ताजगी का अनुभव कर रहा हूँ
शारीरिक अस्वस्थता को झाड़ डालने का
संकल्प पूर्ण हुआ
मानसिक अशक्ति को भी झाड़ देना है
तेरी कृपा से ही संभव होगा।
इन सबके बाद भी हृदय की गहराई में
वेदना का चीत्कार क्यों सुनाई देता है?
तीन और चार दिसंबर जैसी ही
मन की हालत क्यों हो गई है?
पूरा दिन प्रयत्नों से बीत गया
तो अब ऐसा क्यों?
क्या कुछ अनहोनी हो रही है?
कुछ बुरा होने के चिह्न दिखाई दे रहे हैं?
क्या कुछ लुटा जा रहा है?

माँ, मन में एक साथ कितने-कितने प्रश्नों के
भूत खड़े हो रहे हैं।
माँ, मुझे तुझमें पूरी श्रद्धा है
यह प्रश्न ऐसे ही नहीं उठते हैं
चीरे जाते हृदय की यह वेदना
यों ही हो—ऐसा मैं नहीं मानता हूँ।
जरूर तू मुझे कुछ संकेत करना चाहती है।

परंतु···माँ···मैं मानव हूँ···
दिन-प्रतिदिन पामर बनता जाता मानव हूँ।
तेरे कुछ भी संकेत समझना
मेरे लिए अति कठिन हो रहा है।
माँ···
किसलिए करा रही है इतना मंथन?
कुछ अशुभ अवश्य होने वाला होगा···

परंतु माँ···यह सब अनपेक्षित तो नहीं है
इतना अनुमान तो मुझे जरूर है।
परंतु सुस्पष्ट चित्र क्यों नहीं दिखता है?

खैर माँ···तूने मुझे दुःखी करने का निश्चय कर लिया है!

माँ··· वैसे भी मेरे जीवन में—
सहन करना ही लिखा है

परंतु माँ··· मुझे तेरी पवित्रता में श्रद्धा है
कभी तो योग्य अवस्था पा ही सकूँगा
माँ···
सबकुछ तेरे हाथ में सौंपने के सिवाय दूसरा क्या करूँ?

24-12-1986

वेदना अनाथ नहीं होती है

जगज्जननी माँ के श्रीचरणों में प्रणाम!

कितनी असह्य वेदना!
शायद अंतर्मन को हिला देनेवाली अवस्था!
लोग कहते हैं—प्रत्येक सृजन के मूल में
सर्जक की वेदना अस्तित्व रखती है।
मेरी इतनी-इतनी वेदना के बाद भी
सृजन का नामोनिशान तक नहीं?
मुझे सदा ही लगता रहता है
सृजन का कारण वेदना की बजाय करुणा ही होती होगी।
वेदना तो क्रिया होने के बाद प्रतिक्रिया का परिणाम है।

वेदना वैसे तो नकारात्मकता की संतान कहलाती है
अनुभूति के अंत की बाध्यता होगी
वेदना जन्मजात नहीं होती।
वेदना का जन्म, पालन, तीव्रता
सबकुछ अनुभूति पर आधारित होती है
वेदना अनाथ नहीं होती,
वेदना बाँझ रही तो ठीक,
नहीं तो सृजन करेगी—इसका क्या विश्वास?
शायद वो आक्रोश को भी जन्म दे
और सृजन नहीं, संहार द्वारा
बाँझपन मिटाने का प्रयास भी करे।

करुणा की अपनी सुगंध होती है
जिसका स्पर्श हुए बिना रहता ही नहीं
करुणा कभी बाँझ नहीं होती
करुणा तो मात्र क्रिया ही होती है
उसकी कोई प्रतिक्रिया नहीं है।

करुणा प्रत्येक के हृदय को अपना लक्ष्य बना सकती है
और अपनी सिद्धि को सबकी सिद्धि बना सकती है
इसलिए मैं सतत अनुभव करता हूँ—करुणा ही सब सृजन का मूल है।

करुणा मात्र सकारात्मक, कुछ भी करने में समर्थ है
करुणा जन्मजात होती है
करुणा स्वयं ही सर्जक होती है
वही जन्मदाता है, वही जन्मदात्री है।
अक्षरों की मर्यादा में होते सृजन के लिए
'साहित्य' जैसे वैभवी शब्द अवश्य बोध कराते होंगे,
परंतु करुणा जो सृजन करती है, वह
इन वैभवपूर्ण शब्दों की सीमा के
परले पार जाने में समर्थ है।
वह सतत गतिशील होती है
उसकी दिशा सर्वव्यापी होती है
उसका अपना लक्ष्य नहीं होता,
परंतु वह तो सर्व के लक्ष्य में समाहित होती है।

करुणा प्रत्येक के लक्ष्य को अपना लक्ष्य बना सकती है
और अपनी सिद्धि को सबकी सिद्धि बना सकती है
इसलिए मैं सतत अनुभव करता हूँ
करुणा ही सर्व सृजन का मूल है।
वेदना मुलायम होगी तो करुणा ऋजु होगी
वेदना आक्रोश अनुभव करती है तब करुणा दर्द,
वेदना दर्द अनुभव करती है तब
करुणा तो स्वयं ही दर्द बन सृजन पा चुकी होती है।
हाँ, वेदना कभी करुणा को कुंठित कर सकती है,
वह भी इस कारण कि
करुणा को संघर्ष स्वीकार नहीं।

28-12-1986

अविरत प्रयत्न

जगज्जननी माँ के श्रीचरणों में प्रणाम!

विश्व के एक बड़े भू-भाग पर
लोग आज नूतन वर्ष मना रहे हैं
मानव को उत्सवों की जरूरत है
जीवन की चेतना में
बल भरने का काम उससे होता है।
प्रत्येक वर्ष आता नूतन वर्ष—
मानव की विचार-शक्ति का
यह कुंठित रूप नहीं है ?
फिर उसके लिए अधीर बनता मानव-मन
कितना बड़ा विरोधाभास है!

वैसे तो नूतन वर्ष
मृत्यु और सृष्टि की
गति का ही द्योतक है न ?
हम भी प्रतिपल मृत्यु की ओर ही जा रहे हैं
अथवा तो जाना पड़ रहा है।
जबकि यह भेद उन्हीं के लिए है
जो मानते हैं कि—
मृत्यु उसे खाती है, जो मृत्यु से भागता है
और मृत्यु उसे डराती है।
पर जो डंके की चोट
मृत्यु का द्वार खटखटाता है
हाँ···किसी प्रकाश में विलीन होने के लिए
मृत्यु की कामना करता है।
तो कोई प्रकाश प्राप्त करने के लिए
ज्योति पर्वों की परंपरा का सृजन करता है।

हे जगज्जननी माँ··· इतना धैर्य तो अवश्य दे कि···
अंधकार को उलीचने के लिए सतत-अविरत प्रयत्न करते हुए
ज्योतिपर्व को कभी तो प्राप्ति का यश मिले।

ज्योतिपर्व वैसे तो प्रकाश की
कामना करनेवाले के लिए
दैहिक स्वरूप ही होगा न···
जिसके सहारे प्राप्त होना या न होना
सब अनुभव होता है।

और जो अनुभव होता है
उसे ही प्राप्त करने की प्रवृत्ति
हमारे ऐहिक अंधकार का प्रतिबिंब ही तो है।
और तब प्रभु से प्रार्थना करते हैं
हे जगज्जननी माँ···
जो अनुभव होता है
और जिसके सहारे से अनुभव होता है
वह प्रकाश···
यह सब नहीं मिले तो क्या?
परंतु माँ···इतना धैर्य तो अवश्य देना कि
अंधकार उलीचने के लिए
अविरल प्रयास करते ज्योतिपर्व को
कभी तो यश प्राप्त होगा ही।

01-01-1989

भोग-वृत्ति की पूर्ति

जगज्जननी माँ के श्रीचरणों में प्रणाम !

पूर्व और पश्चिम की चर्चा से हम सब अघा गए हैं
विज्ञान ने तो इस भाव-सृष्टि की कब की
हत्या कर डाली है।
इसके बाद भी न तो अपने 'अपने'
बन सके हैं और न ही पश्चिम का श्रेष्ठ स्वीकार करके
अपनेपन का विस्तार ही कर सके हैं।
हम त्रिशंकुपने में ही जी रहे हैं
न ही प्राप्त कर सकते, न ही दे सकते
जो है, उसे न तो झेल सकते हैं
और न ही जी सकते हैं।
कैसी विडंबना है अपने इस जीव-जगत् की !

यद्यपि यह अवस्था वैसे ही निर्मित हो गई होगी
ऐसा कैसे कह सकते हैं ?
भले ही आज मानव स्वार्थी बन गया हो
सबकुछ अपने सुख के आसपास ही व्यवस्थित करता हो
'स्व' के सुख के लिए रची गई दुनिया को
दूसरों की भावनाओं को
समझना बहुत ही कठिन होता है
और इसीलिए तो ऐसी वृत्तियों का जिनमें विकास हुआ है,
उनकी सुखवृत्ति को संतोष भी कहाँ होता है ?
उन्हें तो प्रतिपल अधिक-से-अधिक की अपेक्षा होती है
कुछ-न-कुछ नया, नए प्रकार से
अभिनव प्राप्त करने की वृत्ति,
अविरत वृद्धिगत होती ही रहती है
शायद पश्चिम के जीवन की यही नींव होगी।

यहाँ तो 'स्वांतः सुखाय' की कल्पना है परंतु 'स्वांतः सुखाय' भोगवृत्ति पूर्ति के रूप में नहीं, व्यक्तिगत सुख की कामना के लिए नहीं; यह तो सर्वस्व न्योछावर करने की संकल्पना है।

यहाँ तो 'स्वांत: सुखाय' की कल्पना है
परंतु 'स्वांत: सुखाय' भोगवृत्ति पूर्ति के रूप में नहीं
व्यक्तिगत सुख की कामना के लिए नहीं
यह तो सर्वस्व न्योछावर करने की
त्याग में सुख, मिट जाने में सुख
सब प्रकार के विनाश के मध्य भी
दृढ़ता से खड़े रहकर मूल्यों के लिए
सहन करने में सुख और
ऐसे सुख में से ही संतोष का उदय होता है।
अन्यथा तो वृत्तियाँ ही तितर-बितर कैसे होतीं।
वृत्तियों का पोषण करनेवाले को
फिर तृप्ति कहाँ से प्राप्त होगी?
यह तो विनाश का ही मार्ग है
मेरे सामने एक वाक्य है
शायद उसके मूल में कोई गहरा चिंतन होगा,
परंतु पता नहीं क्यों वह मुझे स्पर्श नहीं कर पाता।

मानव को कोई अपेक्षा न हो यह स्वागत योग्य है,
परंतु 'मेरी अपेक्षा नहीं है' के मुखौटे के नीचे
'स्व' का विकास करने के प्रयास को क्या कहें?
जहाँ अंशमात्र समर्पण ही न हो
वैसे जीवन की कैसे कल्पना करें?
अपने यहाँ कहावत है—'मेरा, मेरे बाप का'
'तेरे में मेरा हिस्सा'—यह वृत्ति क्या बताती है?

और फिर भी तत्त्वज्ञान का कितना सुंदर मुखौटा है
जो यहाँ पहनाया जा रहा है।
फिर अंतिम अपेक्षा तो है ही—
वह भी ब्यूटीफुल शब्द से सम्मानित कर
उसका मूल्य बढ़ाने का प्रयास भी होता है।
यही तो जीवन के ढंग को अनोखा कर देता है
अथवा 'स्व' का विचार करनेवाले के लिए
यह वाक्य समर्पित लगता है।
I do my thing
and you do
Your thing
I am not in
this world

to live up
to your
expectation
and
you are
not in this
world to live
up to mine.
You are you
and I am I
and
if by chance
we find
each other
it is beautiful.

श्री नरेंद्र मोदी द्वारा लिखित पुस्तकें

संसार में उन्हीं मनुष्यों का जन्म धन्य है, जो परोपकार और सेवा के लिए अपने जीवन का कुछ भाग अथवा संपूर्ण जीवन समर्पित कर पाते हैं। विश्व इतिहास का निर्माण करने में ऐसे ही सत्पुरुषों का विशेष योगदान रहा है। संसार के सभी देशों में सेवाभावी लोग हुए हैं; लेकिन भारतवर्ष की अपनी विशेषता रही है, जिसके कारण वह अपने दीर्घकाल के इतिहास को जीवित रख पाया है। किसी ने समय दिया, किसी ने जवानी दी, किसी ने धन और वैभव छोड़ा, किसी ने कारावास की असह्य पीड़ा सही। भारतवर्ष की धरती धन्य है और धन्य हैं वे सत्पुरुष, जिन्होंने राष्ट्रोत्थान को अपना जीवन-धर्म व लक्ष्य बनाया और अनवरत राष्ट्रकार्य में लीन रहे। 'राष्ट्र सर्वोपरि' को जीवन का मूलमंत्र माननेवाले ऐसे ही तपस्वी मनीषियों का पुण्य-स्मरण किया है स्वयं राष्ट्रसाधक श्री नरेंद्र मोदी ने इस पुष्पांजलि 'ज्योतिपुंज' में।

अंग्रेजों ने हिंदुत्व को, राष्ट्रीयत्व को क्षीण करने का षड्यंत्र रचा, जिसे डॉ. बाबा साहब अंबेडकरजी ने समझा और समाज में आई बुराइयों को दूर करने का बीड़ा उठाया। उसी प्रकार श्री नरेंद्र मोदी ने भी समाज में व्याप्त दु:ख और अभावों को दूर करने का संकल्प लिया। उन्होंने समरस समाज के विचार को प्रतिष्ठित करने का सत्प्रयास किया। नरेंद्र मोदी की समाज के प्रति जो संवेदना है, वंचितों के प्रति जो कर्तव्य-भाव है और सामाजिक समरसता के लिए जो प्रतिबद्धता है, वह उनके भाषणों में, उनके लेखों में तथा उनके कार्य में स्पष्ट रूप से दिखाई देती है। यह पुस्तक श्री नरेंद्र मोदी के विचारशील व चिंतनपरक लेखों का संकलन है। इसमें आमजन के प्रति उनके ममत्व भाव, सुख-दु:ख में सहभागिता तथा विचार-चिंतन की श्रेष्ठता, समाज के प्रति संवेदना एवं सामाजिक समरसता के प्रति वचनबद्धता को साक्षात् अनुभव किया जा सकता है।

आपातकाल का दंश बहुत लोगों ने झेला-भोगा। अनेक ने अपनी आपबीती लिखी, पर उनमें 'स्व' की अधिकता रही। प्रस्तुत पुस्तक एक ऐसे व्यक्ति द्वारा लिखी गई है, जिसने गुजरात में रहकर, इस संघर्ष का एक सिपाही बनकर जो कुछ सहा, भोगा और देखा। संघर्षकाल में भूमिगत कार्यकर्ताओं के बीच संपर्क बनाए रखने के लिए सत्ताधीशों की आँखों तले किस प्रकार से सुचारु व्यवस्था स्थापित और संचालित की गई, संचार सूत्र किस प्रकार कार्य करते थे—ये तमाम जानकारियाँ इसमें दी गई हैं। तत्कालीन निरंकुश सरकार की ज्यादतियों एवं इसके विरुद्ध भारतीय जनमानस के अपूर्व शौर्य और बलिदान का दिग्दर्शन कराती श्री नरेंद्र मोदी की एक विचारपूर्ण कृति।

श्री नरेंद्र मोदी जिन्हें अपना मार्गदर्शक, पाथेय, अभिभावक, मानते हैं, ऐसे श्री लक्ष्मणराव इनामदार 'वकील साहब' कठोर साधना के मूर्तिमंत आविष्कार थे। वे एक तपस्वी भी थे। वे केवल कार्यकर्ता निर्माता ही नहीं, एक कुशल संगठनकर्ता भी थे। उनके नेतृत्व में निर्भीकता और व्यवहार में सयानेपन का समन्वय था, इसीलिए वकील साहब छोटे-बड़े सबको अपने लगते थे। उनका प्रेरक जीवन लाखों सामान्य जवानों को उन्नत पथगामी बनाएगा। वकील साहब राष्ट्र तथा धर्म के प्रति समर्पित एक अति सुंदर एवं सुगंधमय जीवनपुष्प हैं और ऐसे पुष्प को काल भी मसल नहीं सकता। वकील साहब की अत्यंत प्रेरणाप्रद एवं मर्मस्पर्शी जीवनी।

साक्षी भाव
नरेन्द्र मोदी